COLLECTION FOLIO

Marguerite Duras

Le square

roman

Gallimard

Marguerite Duras est née en Indochine où son père était professeur de mathématiques et sa mère institutrice. A part un bref séjour en France pendant son enfance, elle ne quitta Saigon qu'à l'âge de dix-huit ans.

C'étaient des bonnes à tout faire, les milliers de Bretonnes qui débarquaient dans les gares de Paris. C'étaient aussi les colporteurs des petits marchés de campagne, les vendeurs de fils et d'aiguilles, et tous les autres. Ceux — des millions — qui n'avaient rien qu'une identité de mort.

Le seul souci de ces gens c'était leur survie : ne pas mourir de faim, essayer chaque soir de dormir sous un toit.

C'était aussi de temps en temps, au hasard d'une rencontre, PARLER. Parler du malheur qui leur était commun et de leurs difficultés personnelles. Cela se trouvait arriver dans les squares, l'été, dans les trains, dans ces cafés des places de marché pleins de monde où il y a toujours de la musique. Sans quoi, disaient ces gens, ils n'auraient pas pu survivre à leur solitude.

— Parlez-moi encore des cafés pleins de monde où l'on fait de la musique, Monsieur.

— Sans eux, je ne pourrais pas vivre, Mademoiselle. Je les aime beaucoup...

— Je crois que, moi aussi, je les aimerai beaucoup... Parfois l'envie me prend d'aller y faire un tour mais, seule, voyez-vous, une jeune fille de mon état ne peut pas se le permettre.

— J'oubliais : parfois quelqu'un vous regarde.

— Je vois. Et s'approche ?

— Et s'approche, oui.

Marguerite Duras
Hiver 1989

I

Tranquillement, l'enfant arriva du fond du square et se planta devant la jeune fille.

« J'ai faim », dit l'enfant.

Ce fut pour l'homme l'occasion d'engager la conversation.

« C'est vrai que c'est l'heure du goûter », dit l'homme.

La jeune fille ne se formalisa pas. Au contraire, elle lui adressa un sourire de sympathie.

« Je crois, en effet, qu'il ne doit pas être loin de quatre heures et demie, l'heure de son goûter. »

Dans un panier à côté d'elle, sur le banc, elle prit deux tartines recouvertes de confiture et elle les donna à l'enfant.

Puis, adroitement, elle lui noua une serviette autour du cou. L'homme dit :

« Il est gentil. »

La jeune fille secoua la tête en signe de dénégation.

« Ce n'est pas le mien », dit-elle.

L'enfant, pourvu de tartines, s'éloigna. Comme c'était jeudi, il y en avait beaucoup, d'enfants, dans ce square, des grands qui jouaient aux billes ou à se poursuivre, des petits qui jouaient au sable, des plus petits encore qui, patiemment, dans des landaus, attendaient que l'heure fût venue pour eux de rejoindre les autres.

« Remarquez, continua la jeune fille, qu'il pourrait être le mien, et que souvent on le prend pour le mien. Mais je dois dire que non, il n'a rien à voir avec moi.

— Je comprends, dit l'homme en souriant. Je n'en ai pas non plus.

— Quelquefois cela paraît curieux qu'il y en ait tant, et partout, et qu'on n'en ait aucun à soi, vous ne trouvez pas ?

— Sans doute, Mademoiselle, mais il y en a tellement déjà, non ?

— N'empêche, Monsieur.

10

— Mais quand on les aime, quand ils vous plaisent beaucoup, est-ce que cela n'a pas moins d'importance ?

— Ne pourrait-on pas dire aussi bien le contraire ?

— Sans doute, Mademoiselle, oui, cela doit dépendre de son caractère. Et il me semble que certains peuvent se contenter de ceux qui sont déjà là. Et je crois bien que je suis de ceux-là, j'en ai vu beaucoup, et je pourrais en avoir à moi aussi, mais, voyez-vous, j'arrive à me contenter de ceux-là.

— Vous en avez vu tellement, Monsieur, vraiment ?

— Oui, Mademoiselle. Je voyage.

— Je vois, dit aimablement la jeune fille.

— Sauf en ce moment où je me repose, je voyage tout le temps.

— C'est un endroit bien indiqué, les squares, pour se reposer, en effet, surtout en cette saison. J'aime bien les squares, moi aussi ; être dehors.

— Ça ne coûte rien, c'est toujours gai à cause des enfants, puis, quand on ne connaît pas grand monde, de temps en

11

temps, on y trouve l'occasion de parler un peu.

— Oui, c'est vrai que de ce point de vue aussi c'est bien pratique. Vous vendez des choses, Monsieur, tout en voyageant ?

— Oui, c'est ça mon métier.

— Toujours les mêmes choses ?

— Non, des choses différentes, mais petites, vous savez, de ces petites choses dont on a toujours besoin et qu'on oublie si souvent d'acheter. Elles tiennent toutes dans une valise de grandeur moyenne. Je suis, si l'on veut, une sorte de voyageur de commerce, vous voyez ce que je veux dire.

— Que l'on voit sur les marchés, la valise ouverte devant vous ?

— C'est ça, oui, Mademoiselle, on me voit aux abords des marchés de plein air.

— Est-ce que je peux me permettre de vous demander si cela est d'un revenu régulier, Monsieur ?

— Je n'ai pas à me plaindre, Mademoiselle.

— Je ne le pensais pas, voyez-vous.

— Je ne dis pas que ce revenu est important, non, mais tous les jours on gagne quelque chose. C'est ça que j'appelle régulier.

— Vous mangez donc à votre faim, Monsieur, si j'ose encore me permettre ?

— Oui, Mademoiselle, je mange à peu près à ma faim. Je ne veux pas dire par là que je mange tous les jours de la même façon, non, il arrive quelquefois que c'est un peu juste, mais enfin j'arrive à manger tous les jours, oui.

— Tant mieux, Monsieur.

— Merci, Mademoiselle. Oui, j'y arrive à peu près tous les jours, voyez-vous. Je n'ai pas à me plaindre. Comme je suis seul et que je n'ai pas de domicile, je n'ai naturellement que peu de soucis. Les seuls que j'aie me concernent moi seul. Quelquefois, il me manque un tube de dentifrice, quelquefois encore je manque un peu de compagnie, mais à part ça, cela peut aller, Mademoiselle, oui, je vous remercie.

— Est-ce là un travail à la portée de tout le monde, Monsieur ? Le croyez-vous tout au moins ?

— Oui, Mademoiselle, tout à fait. C'est

même le travail par excellence qui soit à la portée de tout le monde.

— Voyez-vous, je pensais qu'il fallait, pour faire ce travail-là, certaines qualités indispensables.

— A la rigueur il vaut mieux savoir lire, à cause de la lecture du journal, le soir, dans les hôtels, du nom des gares, parce que cela vous facilite la vie, mais c'est à peu près tout. C'est peu, et, voyez, on mange à peu près à sa faim, et tous les jours.

— Moi, je pensais à d'autres qualités, à des qualités d'endurance, de patience plutôt, et aussi de persévérance.

— Comme je n'ai jamais fait que ce genre de travail-là, je peux mal en juger, mais il m'a toujours paru que ces qualités que vous dites, il les fallait dans la même mesure pour n'importe quel autre travail, pas moins.

— Si j'ose me permettre encore, Monsieur, est-ce que vous pensez que cela va durer pour vous de voyager comme ça ? Croyez-vous que vous vous arrêterez un jour ?

— Je ne sais pas.

— On cause, n'est-ce pas, Monsieur. Excusez-moi encore de vous poser ces questions.

— Je vous en prie, Mademoiselle... Mais je ne sais pas si cela va durer. Vraiment je ne peux rien vous dire d'autre, je ne le sais pas. Comment savoir ?

— C'est-à-dire qu'il semblerait qu'à voyager ainsi tout le temps, on doive un jour vouloir s'arrêter, c'est dans ce sens-là que je vous le demandais.

— Il semblerait, en effet, qu'on devrait le vouloir, c'est vrai. Mais comment s'arrête-t-on de faire un métier et en choisit-on un autre ? Comment abandonne-t-on ce métier-ci pour ce métier-là, et pourquoi ?

— Si je comprends bien, de cesser de voyager ne dépend donc que de vous seul, Monsieur, et non d'autre chose ?

— C'est-à-dire que je n'ai jamais très bien su comment ces choses-là se décidaient. Je ne connais personne en particulier, je suis un peu isolé. Et, à moins qu'un jour une grande chance ne m'atteigne, je ne vois pas comment je changerais de travail. Et je ne vois pas non plus de quel côté de ma vie cette chance pourrait me venir, d'où elle pourrait arriver. Je ne veux pas dire qu'elle ne pourrait pas arriver un jour, n'est-ce pas, on ne peut jamais savoir, ni, si elle m'arrivait, que je ne l'accueillerais pas volontiers, non, loin de là, mais pour le moment, vraiment, je ne vois pas d'où elle pourrait me venir et m'aider à m'y décider.

— Mais, Monsieur, ne pourriez-vous pas, par exemple, le vouloir tout simplement ? Vouloir changer de travail ?

— Non, Mademoiselle. Je me veux tous les jours propre, nourri, et en plus je veux dormir, et en plus encore je me veux vêtu de façon décente. Alors comment aurais-je le loisir de vouloir davantage ? Et puis, je dois l'avouer, ça ne me déplaît pas de voyager.

— Excusez-moi, Monsieur, mais puis-je me permettre encore de vous demander comment cela vous est arrivé ?

— Comment vous dire ? Ces histoires-là sont longues, compliquées, et au fond je les trouve un peu hors de ma portée. Il faudrait sans doute remonter si loin que l'idée en fatigue à l'avance. Mais en gros, je crois que cela m'est arrivé comme à un autre, Mademoiselle, pas autrement. »

La brise s'était levée. On devinait à sa tiédeur l'approche de l'été. Elle balaya les nuages et la chaleur nouvelle se répandit sur la ville.

« Comme il fait beau, dit l'homme.

— C'est vrai, dit la jeune fille. C'est presque le commencement de la chaleur. De jour en jour il va faire plus beau.

— Vous comprenez, Mademoiselle, je n'avais de disposition particulière pour aucun métier, ni pour une existence quelconque. Au fond, je crois que cela va durer pour moi, oui, je le crois.

— Vous n'aviez que des répugnances, alors, pour toutes les existences et pour tous les métiers ?

— Pas de répugnances, non, ce serait trop dire, mais pas de goûts non plus. J'étais comme la plupart des gens, en somme. Cela m'est arrivé comme à tout le monde, vraiment.

— Mais entre ce qui vous est arrivé il y a longtemps et ce qui vous arrive maintenant, chaque jour, n'a-t-on pas le temps de changer et de prendre goût à autre chose, à quelque chose ?

— Eh bien ! oui, je ne dis pas, pour beaucoup cela doit arriver, oui, mais pour certains, non. Il y en a qui doivent s'accommoder de ne jamais changer. Au fond, ce doit être mon cas. Et vraiment, je le crois, pour moi, cela va durer.

— Pour moi, Monsieur, cela ne durera pas.

— Pouvez-vous déjà le prévoir, Mademoiselle ?

— Oui. Mon état n'est pas un état qui puisse durer. Il est dans sa nature de se terminer tôt ou tard. J'attends de me marier. Et dès que je le serai, c'en sera fini pour moi de cet état.

— Je comprends, Mademoiselle.

— Je veux dire qu'il laissera aussi peu de traces dans ma vie que si je ne l'avais jamais traversé.

— Mais peut-être que, pour moi aussi, on ne peut jamais tout prévoir, n'est-ce pas, un jour je changerai de travail.

— Mais moi, je le désire, Monsieur, c'est différent. Ce n'est pas un métier que le mien. On l'appelle ainsi pour simplifier

18

mais ce n'en est pas un. C'est une sorte d'état, d'état tout entier, vous comprenez, comme par exemple d'être un enfant ou d'être malade. Alors cela doit cesser.

— Je vous comprends, Mademoiselle. Moi, voyez-vous, je viens de faire une assez longue tournée et je me repose. En général je n'aime pas beaucoup penser à l'avenir et, aujourd'hui que je me repose, moins encore ; c'est pourquoi j'ai dû mal vous expliquer comment je me supportais ainsi, à ne pas changer, et même à ne pas le prévoir. Excusez-moi.

— C'est moi qui m'excuse, Monsieur.

— Mais non, Mademoiselle, on peut toujours causer.

— C'est vrai, oui, et cela ne porte pas à conséquence.

— Ainsi vous, Mademoiselle, vous attendez autre chose ?

— Oui. Il n'y a aucune raison pour que je ne me marie pas un jour, moi aussi, comme les autres. C'était ce que je vous disais.

— C'est vrai. Il n'y a aucune raison pour que cela ne vous arrive pas un jour, à vous aussi.

— Naturellement, c'est un état si décrié que le mien qu'on pourrait dire le contraire, qu'il n'y a aucune raison pour que cela m'arrive un jour. Dans mon cas, pour que cela semble naturel il faut le vouloir de toutes ses forces. C'est ainsi que je le veux.

— Sans doute n'y a-t-il pas de raison dont on ne puisse venir à bout, Mademoiselle, on le dit tout au moins.

— J'ai beaucoup réfléchi. Je suis jeune, bien portante, je ne suis pas menteuse, je suis une de ces femmes comme on en voit partout et dont la plupart des hommes s'accommodent. Et cela m'étonnerait quand même qu'il ne s'en trouve pas un, un jour, qui le reconnaîtra et qui ne s'accommodera pas de moi. J'ai de l'espoir.

— Sans doute, Mademoiselle, mais moi, où mettrais-je une femme, si c'est de ce changement-là que vous voulez parler ? Je n'ai pour tout bien que cette petite valise et je suffis à peine à nourrir ma seule personne.

— Je ne veux pas dire, Monsieur, qu'à vous, il vous faille ce changement-là. Je parle de changement en général. Pour moi, ce sera de me marier. Pour vous, il s'agirait de bien autre chose peut-être.

— Mademoiselle, je ne prétends pas que vous n'avez pas raison, mais il y a des cas particuliers. Le voudrais-je de toutes mes forces que je n'arriverais pas à vouloir changer comme, vous, vous avez l'air de le vouloir, de quelque façon que ce soit.

— Parce que vous auriez à changer de moins loin, peut-être, vous, Monsieur. Moi, il me semble que j'ai à changer du plus loin qu'il est possible de changer. Je me trompe, peut-être, remarquez, mais tous les changements que je vois autour de moi, à côté de celui que je veux, me paraissent simples.

— Mais ne croyez-vous pas cependant que même dans la plus grande urgence de changer, chacun peut le vouloir différemment suivant son cas particulier ?

— Je vous demande pardon, Monsieur, mais moi, qu'il y ait des cas particuliers, je ne veux pas le savoir. Je vous le répète, j'ai de l'espoir. Et je dois dire que je fais tout ce qu'il faut pour nourrir cet espoir. Ainsi, tous les samedis, je vais au bal, très

21

régulièrement, et je danse avec qui m'y invite. Et comme on dit que la vérité finit toujours par se reconnaître, je crois qu'on finira bien un jour par me reconnaître comme une jeune fille apte à se marier, tout comme les autres.

— Il ne suffirait pas que j'aille au bal pour ma part, vous comprenez, et même si je désirais changer, et de façon moins radicale que vous, Mademoiselle. C'est vraiment un tout petit métier que le mien, il est insignifiant, et c'est à peine un métier, en somme, à peine suffisant pour un homme, que dis-je, pour une moitié d'homme. Alors je ne peux pas même un instant envisager un changement de ma vie comme celui-là.

— Alors, Monsieur, dans votre cas, peut-être, encore une fois, vous suffirait-il de changer de métier ?

— Mais même, de ce métier, comment en sortir ? Comment sortir de ce métier qui ne me permet même pas de penser à me marier ? Ma valise m'entraîne toujours plus loin, d'un jour à l'autre, d'une nuit à l'autre, et même, oui, d'un repas à l'autre, et elle ne me laisse pas m'arrêter

et prendre le temps d'y penser suffisamment. Il faudrait que le changement
arrive vers moi, je n'ai pas le loisir d'aller
vers lui. Et puis, oui, je l'avoue, non
seulement j'ai le sentiment depuis toujours que personne n'a besoin de mes
services ni de ma compagnie, mais il
m'arrive même, parfois, de m'étonner de
la place qui, dans la société, me revient.

— Alors, Monsieur, pour vous, le changement serait peut-être de vous faire
venir des sentiments contraires à ceux-
là ?

— Bien sûr, mais vous savez bien
comment on est : on est quand même
comme on est, et soi, comment se changer
à ce point ? Je finis d'ailleurs par aimer
mon métier, si mince qu'il soit. J'aime
prendre les trains. Et dormir un peu
partout ne me gêne plus beaucoup.

— Monsieur, il me semble que vous
n'auriez pas dû vous laisser venir des
habitudes pareilles.

— J'y étais sans doute un peu prédis-
posé, voyez-vous.

— Moi je n'aimerais pas de n'avoir
dans la vie, pour toute compagnie, qu'une

valise de marchandises. Il me semble que parfois j'aurais peur.

— Sans doute, oui, cela peut arriver, dans les premiers temps surtout, mais on peut s'habituer à ces petits inconvénients-là.

— Je crois que je préfère en être où j'en suis encore, Monsieur, et faire ce... métier que je fais là, malgré tous ses désavantages. Mais peut-être est-ce parce que je n'ai que vingt ans.

— Mais le mien n'a pas que des inconvénients, Mademoiselle. Ainsi, à force d'avoir tellement de temps à passer sur les routes, dans les trains, dans les squares, d'avoir tellement de temps pour réfléchir un peu à tout, on finit par se faire une raison de mener telle ou telle existence.

— Il me semblait avoir compris que vous n'aviez que le temps de penser à vous seul, Monsieur, à votre entretien, et non à autre chose.

— Non, Mademoiselle, celui que je n'ai pas, c'est celui pour penser à l'avenir ; mais celui pour penser à autre chose, si, je l'ai, je le prends, si vous voulez. Car si l'on

24

peut supporter d'avoir à penser plus que d'autres à son entretien, comme vous dites, c'est à condition de ne plus y penser du tout lorsque celui-ci est assuré, lorsqu'on a mangé. Si une fois nourri l'on commençait à penser à son prochain repas, ce serait à devenir fou.

— Oui, Monsieur, sans doute, mais voyez-vous, d'aller de ville en ville, comme ça, sans autre compagnie que cette valise, moi, c'est ça qui me rendrait folle.

— On n'est pas toujours seul, je vous ferai remarquer, seul à devenir fou, non. On est sur des bateaux, dans des trains, on voit, on écoute. Et, ma foi, si l'occasion de devenir fou se présente, on peut se faire à l'éviter.

— Mais, arriver à se faire une raison de tout, à quoi cela me servirait-il, puisque ce que je veux c'est en sortir et que vous, Monsieur, cela ne vous sert qu'à toujours trouver de nouvelles raisons de ne pas en sortir ?

— Pas exactement, non, puisque, si une occasion valable de changer de métier se présentait à moi, je la saisirais aussitôt ;

non, elle me sert aussi à autre chose, par exemple à me rendre compte des avantages que comporte quand même ce métier, qui sont, d'une part, de voyager tout le temps, d'autre part, d'avoir le sentiment de devenir un peu plus raisonnable qu'on ne l'était avant. Remarquez que je ne vous dis pas que j'ai raison, non, loin de là, il se peut même que je me trompe tout à fait et que je sois devenu, sans m'en apercevoir, moins raisonnable qu'autrefois, au contraire. Mais peu importe, n'est-ce pas, puisque c'est à mon insu.

— Ainsi, Monsieur, vous voyagez aussi constamment que, moi, je suis constamment sur place ?

— Oui. Et même si je reviens parfois dans les mêmes endroits, les choses sont différentes. C'est le printemps, par exemple, et il y a des cerises sur les marchés. C'est ce que je voulais dire, et non pas que j'avais raison de m'être habitué à ce travail.

— C'est vrai, oui, bientôt il y aura des cerises sur les marchés, dans deux mois.

J'en suis contente pour vous, Monsieur. Et qu'y a-t-il d'autre encore, dites voir?

— Mille choses. Parfois c'est le printemps, parfois l'hiver aussi, le soleil ou la neige. On ne reconnaît plus rien. Mais les cerises, c'est cela qui change le plus. Elles arrivent tout d'un coup, et le marché, le voilà rouge tout d'un coup. Oui, dans deux mois. C'est ce que je voulais dire, voyez-vous, et non pas du tout que ce travail me convenait tout à fait.

— Mais, en dehors des cerises sur le marché, de l'hiver, de la neige, dites voir encore.

— Parfois rien d'important, de visible même. Mais mille riens qui font que tout est changé. A croire qu'il ne s'agit que de votre humeur. On reconnaît et l'on ne reconnaît pas les lieux, les gens, et un marché que l'on ne trouvait pas accueillant, voilà qu'il le devient tout à coup.

— Mais n'arrive-t-il pas parfois que tout soit pareil?

— Oui, parfois, tout est tellement pareil qu'on croirait avoir quitté les lieux la veille. Je n'ai jamais su à quoi cela tenait car rien ne peut rester pareil à ce point, ce n'est pas possible.

— Mais, en dehors des cerises sur le marché, de l'hiver, de la neige ?

— Parfois il y a un nouvel immeuble qui vient d'être terminé alors qu'il était en construction la dernière fois. Et il est complètement habité, plein de bruits et de cris. La ville pourtant ne paraissait pas tellement surpeuplée et voilà que cet immeuble, une fois fini, paraissait tout à fait nécessaire.

— Monsieur, mais toutes ces nouveautés-là, elles sont les mêmes pour tout le monde, elles ne vous arrivent pas à vous tout seul ?

— Il m'en arrive quelquefois, mais elles sont très négligeables, oui, en général, ce sont des nouveautés de temps, de choses, qui ne sont pas qu'à moi. Cependant, à force, celles-ci peuvent vous changer autant les idées que si elles vous étaient arrivées à vous, que si vous, vous faisiez les cerises.

— Je vous écoute, Monsieur, et j'essaie de me mettre à votre place, mais non, il me semble que j'aurais peur.

— Cela peut arriver, Mademoiselle, et je dois dire que cela m'arrive quelquefois, la nuit, par exemple, lorsque je me réveille. Mais il n'y a guère que la nuit que cette peur me prenne et aussi, oui, quelquefois aussi au coucher du soleil, mais alors seulement par temps de pluie ou de brouillard.

— Comme c'est curieux que, sans l'avoir jamais éprouvée, on sache un peu le genre de peur que cela doit être.

— Oui, vous voyez, pas celle que l'on éprouve lorsqu'on se dit que, quand on mourra, personne ne s'en apercevra, non, une peur plus générale, qui ne vous concerne pas vous seul.

— Comme si l'on prenait peur tout à coup d'être comme on est, d'être comme on est au lieu d'être autrement, au lieu même d'être autre chose, peut-être?

— Oui, d'être à la fois comme tous les autres, tous les autres et d'être en même temps comme on est. Oui, c'est cela même, je crois, d'être de cette espèce-là plutôt que de n'importe quelle autre, de celle-là précisément...

— Si compliquée, oui, Monsieur, je comprends.

— Parce que de l'autre peur, Mademoiselle, celle de mourir sans que personne s'en aperçoive, je trouve qu'elle peut devenir à la longue une raison de se réjouir de son sort. Lorsqu'on sait que sa mort ne fera souffrir personne, pas même un petit chien, je trouve qu'elle s'allège de beaucoup de son poids.

— J'essaie de vous comprendre, Monsieur, mais non, je le regrette, je ne le puis pas. Est-ce parce que les femmes sont différentes ? Moi, je sais que je ne pourrais pas me supporter, comme vous le faites, seule, avec cette valise. Ce n'est pas que je n'aimerais pas voyager, non, mais sans des affections quelque part dans le monde, qui m'attendraient, je ne pourrais pas le faire. Encore une fois, je crois bien que je préfère en être encore où j'en suis.

— Mais, Mademoiselle, si je peux me permettre à mon tour, en attendant ce changement que vous désirez ?

— Non, Monsieur. Vous avez l'air d'ignorer ce que c'est que de vouloir sortir de cet état. Il faut que je reste là à y penser tout le temps, de toutes mes forces, sans cela je sais que je n'y arriverais pas.

— Peut-être, en effet, que je ne sais pas.

— Vous ne pouvez pas le savoir, Monsieur, car si peu que vous soyez, vous êtes quand même à votre façon, donc vous ne pouvez pas savoir ce que c'est que de n'être rien.

— Vous non plus, Mademoiselle, si je comprends bien, personne ne vous pleurerait ?

— Personne. Et j'ai déjà vingt ans d'il y a quinze jours. Mais on me pleurera un jour. J'ai de l'espoir. Ce n'est pas possible autrement.

— C'est vrai qu'autant que ce soit vous plutôt qu'une autre, au fond, que l'on pleurera.

— N'est-ce pas ? C'est ce que je me dis.

— Oui, Mademoiselle. Et si je peux me permettre encore, et vous, Mademoiselle, vous mangez à votre faim ?

— Oui, je vous remercie, Monsieur, je mange et plus qu'à ma faim. Seule, toujours seule, mais on mange dans mon métier, on mange même beaucoup puisqu'on est là où se fait la nourriture. Et de très bonnes choses, parfois du gigot. Et non seulement j'ai à manger mais je mange, oui. Parfois même, je me force. Je voudrais quelquefois grossir encore, me fortifier encore pour que l'on me voie encore davantage. Il me semble que, grosse et forte, j'aurais encore un peu plus de chances d'arriver à ce que je veux. C'est une illusion peut-être, me direz-vous, mais je crois que si j'ai une éclatante santé on voudra de moi davantage. Ainsi, vous voyez, nous sommes très différents.

— Sans doute, Mademoiselle, mais n'empêche que, moi aussi, j'ai de la bonne volonté. J'ai dû mal m'exprimer tout à l'heure. Je vous assure que, s'il m'arrivait de désirer changer, je me laisserais faire, comme tout le monde.

— Ah ! Monsieur, comme il est difficile de vous croire, excusez-moi.

— Sans doute, mais vous voyez, tout en ne trouvant aucune raison de ne pas espérer en général, c'est un fait que, pour mon compte, je n'en vois pas beaucoup. Pourtant, il suffirait de peu de choses, il me semble, pour que je commence à croire que cela m'est aussi nécessaire qu'aux autres. Une toute petite croyance me suffirait. Est-ce le temps qui me manque pour l'avoir ? Qui sait ? Je ne parle pas de celui que je passe dans les trains, à réfléchir à ceci ou à cela ou à bavarder avec les gens, non, mais de l'autre, de celui qu'on a devant soi, le jour même pour le lendemain. Pour commencer à y penser et essayer de découvrir que cela m'est nécessaire à moi aussi.

— Pourtant, Monsieur, je m'excuse encore, mais j'imagine bien, et vous le disiez vous-même, qu'il fut un temps où vous étiez comme tout le monde, non ?

— Précisément, mais à un tel point que je ne m'en suis jamais remis. On ne peut pas tout être à la fois, ni vouloir tout à la fois, comme vous dites, mais moi, de ces impossibilités-là, je ne m'en suis jamais remis, et je n'ai jamais pu me résoudre à choisir un métier. Mais enfin, vous savez, j'ai pas mal voyagé quand même et ma petite valise m'a entraîné un peu partout, oui, et même une fois dans un grand pays étranger. Je n'y ai pas vendu grand-chose mais, quand même, je l'ai vu. Et on

m'aurait dit, quelques années auparavant, que j'aurais un jour envie de le
connaître que je ne l'aurais pas cru. Pourtant, voyez, un jour, en me réveillant,
l'envie m'en a pris et j'y suis allé. Si peu
qu'il m'arrive de choses, il m'est quand
même arrivé celle-là, voyez-vous, de voir
ce pays-là.

— Mais, dans ce pays, il y a des gens
malheureux, non ?

— C'est vrai, oui.

— Et il y a des jeunes filles comme moi
qui attendent ?

— Sans doute, Mademoiselle, oui.

— Alors ?

— C'est vrai qu'on y meurt, qu'on y est
malheureux, qu'il y en a comme vous qui
attendent, pleines d'espoir. Mais pourquoi ne pas le voir, lui, plutôt que celui-ci
où nous sommes, où les choses sont
pareilles ? Pourquoi ne pas voir aussi ce
pays ? le voir en plus de celui-ci, pourquoi ?

— Parce que, Monsieur, j'ai peut-être
tort, vous allez dire, mais cela m'est égal.

— Attendez, Mademoiselle. Ainsi, les
hivers y sont moins rudes qu'ici, c'est

bien simple, on le sait à peine que c'est l'hiver...

— On n'est jamais dans tout un pays à la fois, Monsieur, ce n'est pas vrai, ni même dans toute une ville à la fois, ni même dans tout un bel hiver, non, on a beau faire, on est seulement là où l'on est quand on y est, alors ?

— Mais précisément, Mademoiselle, là où j'étais, la ville se termine par une place immense entourée d'escaliers qui ont l'air de n'aboutir nulle part.

— Non, Monsieur, je ne veux pas le savoir.

— Mais toute la ville est peinte à la chaux, figurez-vous de la neige au cœur de l'été. Elle se trouve au centre d'une presqu'île baignée par la mer.

— Elle est bleue, je le sais. Bleue, n'est-ce pas ?

— Oui, Mademoiselle, elle est bleue.

— Eh bien, Monsieur, excusez-moi, mais les gens qui vous parlent du bleu de la mer me donnent envie de vomir.

— Mais, Mademoiselle, qu'y faire ? Du jardin zoologique on la découvre tout

35

entière autour de la ville. Et elle est bleue pour tous les yeux, je n'y peux rien.

— Non, sans ces affections, dont je parlais, elle me paraîtrait noire. Et puis, je ne voudrais pas vous déplaire, Monsieur, mais non, j'ai trop envie de changer de vie, d'en sortir, pour avoir le goût des voyages, de voir des choses nouvelles. Vous aurez beau en voir, de ces villes-là, cela ne vous avancera en rien, jamais, et lorsque vous vous arrêterez, vous en serez au même point.

— Mais, Mademoiselle, nous ne parlons pas des mêmes choses. Je ne vous parle pas de ces changements qui modifient toute l'existence, mais seulement de ceux qui font plaisir le temps de les vivre. Voyager distrait beaucoup. Les Grecs, les Phéniciens, tout le monde voyage, de mémoire d'homme il en est ainsi.

— Non, c'est vrai que nous ne parlons pas des mêmes choses, ce n'est pas ce changement que je désire, de voyager, de voir des villes au bord de la mer. Celui, pour commencer, que je désire, c'est de m'appartenir, de commencer à posséder quelque chose, des objets de peu d'importance mais qui seraient à moi, un endroit à moi, une seule pièce mais à moi. Parfois, tenez, je me prends à rêver d'un fourneau à gaz.

— Ce sera comme de voyager, Mademoiselle. Vous ne vous arrêterez plus. Vous désirerez ensuite posséder un frigidaire et, ensuite, encore autre chose. Ce sera comme de voyager, d'aller de ville en ville, vous ne vous arrêterez plus.

— Vous croyez, Monsieur, qu'il y a un inconvénient à ce que je ne m'arrête pas au frigidaire ?

— Pas du tout, Mademoiselle, non, je ne le crois pas, je parle pour moi, n'est-ce pas, et moi, il me semble que cette idée me fatiguerait plus que de voyager et de voyager, d'aller de ville en ville comme je le fais.

— Monsieur, je suis née et j'ai grandi comme tout le monde, je regarde autour de moi, je regarde beaucoup, et je trouve qu'il n'y a pas de raison vraiment pour que j'en reste là où j'en suis. Je dois commencer à prendre un peu d'importance et par tous les moyens. Et si je commence en me disant qu'un frigidaire me découragerait, alors je n'aurai même pas le fourneau à gaz. Comment le saurais-je d'ailleurs ? Si vous le dites, Monsieur, c'est que peut-être vous y avez pensé ou bien qu'un frigidaire vous a déjà fatigué ?

— Non, non seulement je n'en ai jamais eu mais je n'ai jamais eu la moindre possibilité d'en avoir un. Non, c'est une impression seulement. Si je dis ça à propos d'un frigidaire, c'est que cela paraît lourd et intransportable à un voyageur. Sans doute ne l'aurais-je pas dit d'un autre objet. Néanmoins je comprends fort bien, Mademoiselle, que vous, vous ne puissiez voyager qu'après avoir eu, par exemple, ce fourneau à gaz et même ce frigidaire. Et je dirais même que c'est moi qui ai tort de me décourager aussi facilement, rien qu'à l'idée d'un frigidaire.

— Oui, cela paraît curieux, en effet.

— Une fois, dans ma vie, un certain jour, je n'ai plus désiré vivre du tout. J'avais faim et, comme je n'avais plus rien ce jour-là, il fallait absolument, pour manger à midi, que je travaille. Comme si ce n'était pas là le sort de tout le monde et le mien tout particulièrement ! Tout comme si je n'y étais pas habitué, ce jour-là, je n'ai plus voulu vivre parce que je trouvais, eh bien, qu'il n'y avait pas de raison pour que cela continue encore pour moi comme cela continuait pour tout le monde. J'ai mis un jour entier à m'y réhabituer, puis, bien sûr, je suis allé au marché avec ma valise, et j'ai remangé. Ça a recommencé comme par le passé, avec cette différence, pourtant, que, depuis ce jour-là, les perspectives d'avenir quelconques, fût-ce même de posséder un frigidaire, me fatiguent beaucoup plus qu'avant.

— Je m'en serais doutée, voyez-vous.

— Depuis, quand je pense à moi, c'est en terme d'homme de plus ou d'homme de moins, ce qui vous explique qu'un frigidaire de plus ou de moins dans la vie m'importe moins qu'à vous.

— Ce pays, Monsieur, qui vous a fait tellement plaisir à voir, y êtes-vous allé avant ou après ce jour-là ?

— Après. Mais, quand j'y pense, cela me fait plaisir et je trouve qu'il aurait été dommage qu'un homme de plus ne le connaisse pas. Je ne crois pas, vous comprenez, être mieux fait qu'un autre pour l'apprécier, non, mais je trouve que, tant qu'à faire, puisqu'on est là, il vaut mieux voir un pays de plus que d'en voir un de moins.

— Bien que je ne puisse pas me mettre à votre place, Monsieur, je comprends ce que vous voulez dire et je trouve que c'est bien dit. C'est bien ça, n'est-ce pas, que vous voulez dire, que tant qu'à faire, puisqu'on est là, il vaut mieux voir le plus de choses possible que de ne pas les voir ? Et qu'ainsi le temps passe plus vite et de façon plus plaisante ?

— Si vous voulez, Mademoiselle, c'est un peu ça. Peut-être ne sommes-nous en désaccord que sur ce que nous avons décidé de faire ou de ne pas faire de notre temps.

— Pas seulement, Monsieur, puisque je n'ai encore pas eu l'occasion de me fatiguer de quoi que ce soit, excepté d'attendre, bien sûr. Comprenez-moi, Monsieur, je ne veux pas dire que vous êtes forcément plus heureux que moi, non, mais seulement que, si vous ne l'êtes pas, vous pouvez vous permettre d'envisager des remèdes à votre malheur, changer de ville, vendre autre chose, et même, je m'excuse, Monsieur, encore davantage. Moi, je ne peux encore commencer à penser à rien, même pas dans le détail. Rien n'est commencé pour moi, à part que je suis en vie. Et si parfois, quand il fait très beau, en été, par exemple, j'ai le sentiment que peut-être c'est fait, que peut-être la chose se commence tout en n'en ayant pas l'air, j'ai peur, oui, j'ai peur de me laisser aller au beau temps, et d'oublier, même un instant, ce que je veux, de me perdre déjà dans le détail, d'oublier l'essentiel. Si j'envisage déjà le détail, dans mon existence, je suis perdue.

— Mais, Mademoiselle, encore une fois, il m'avait semblé que vous aimiez ce petit garçon.

— Cela est égal, je ne veux pas le savoir, je ne veux pas commencer à ne pas me déplaire dans cet état, et même à le supporter un peu mieux parce qu'alors, encore une fois, je suis perdue. J'ai beaucoup de travail et je le fais. Et si bien qu'on m'en donne chaque jour un peu plus qu'on ne devrait, et je le fais. Et si naturellement qu'on finit par m'en donner de pénibles même, mais je ne dis rien et je les fais. Parce que si je ne les faisais pas, si je les refusais, cela voudrait dire que j'envisage dans les choses possibles que ma situation pourrait en être améliorée, adoucie, pourrait devenir plus supportable, et même, à la rigueur, supportable tout court.

— C'est quand même singulier, Mademoiselle, d'être en mesure de s'adoucir la vie et de le refuser.

— Oui, Monsieur, mais je ne refuse rien, je n'ai jamais rien refusé de faire de ce qu'on me demandait. Je n'ai jamais refusé, alors que cela aurait été si facile au début, et je ne refuse toujours pas alors que ce serait de plus en plus facile puisque j'ai de plus en plus de travail. Du plus loin que je me souvienne, j'ai toujours tout accepté, docilement, tout et tout afin, un jour, de ne plus pouvoir supporter rien. Vous me direz que c'est un peu simple peut-être, mais je n'ai rien trouvé d'autre pour en sortir. On se fait à tout, j'en suis sûre, et j'en vois, des gens, qui, après dix ans, en sont toujours où j'en suis. On peut se faire à toutes les existences, même à celle-là, et il faut que je fasse très attention, moi aussi, pour ne pas me faire à celle-là. Quelquefois, voyez-vous, je m'angoisse, oui, car tout en étant prévenue contre ce danger qu'il y a à se faire à toutes les existences, ce danger est si grand que, même prévenue, je pourrais quand même ne pas l'éviter. Mais, Monsieur, dites-moi encore ce qu'il y a de nouveau parfois, à part la neige, les cerises, les immeubles en construction ?

— Parfois l'hôtel a changé de propriétaire et le nouveau est avenant et il parle volontiers avec les clients, alors que l'ancien était fatigué d'avoir des amabilités et qu'il ne vous adressait pas la parole.

— Monsieur, n'est-ce pas qu'il me faut m'étonner chaque jour d'en être encore là ? Ou sans ça, je n'y arriverai pas ?

— Je crois que tout le monde s'étonne chaque jour d'en être encore là. Je crois qu'on s'étonne de ce qu'on peut, qu'on ne peut pas décider de s'étonner d'une chose plutôt que d'une autre.

— Chaque matin je m'étonne un peu plus d'en être encore là, je ne le fais pas exprès. Je me réveille et aussitôt je m'étonne. Alors je me rappelle des choses. J'étais une petite fille comme toutes les autres, rien apparemment ne me distinguait d'elles. A l'époque des cerises, ah, tenez, nous en volions ensemble dans les vergers. Jusqu'au dernier jour nous en avons volé ensemble. Car c'était à cette saison-là que l'on m'a placée. Dites voir encore, Monsieur, à part tout ce que vous m'avez dit déjà, y compris le propriétaire de l'hôtel ?

— J'en ai volé aussi, tout comme vous, et rien en apparence non plus ne me distinguait des autres, sauf peut-être que je les aimais déjà beaucoup. A part le propriétaire de l'hôtel, parfois il y a une radio nouvelle. Cela est très important. Un café sans musique qui devient un café avec de la musique. Alors, naturellement, il y a beaucoup plus de monde et il reste plus tard. Ça fait de bonnes soirées de gagnées.

— Vous avez dit de gagnées ?

— Oui.

— Ah, il me semble parfois que si nous avions su... Ma mère est venue, elle m'a dit : « Allez, maintenant, c'est fini, viens, c'est fini. » Je me suis laissé faire, vous savez, comme les bêtes vont à l'abattoir, pareil. Ah ! si j'avais su, Monsieur, je me serais débattue, je me serais sauvée, j'aurais supplié ma mère, je l'aurais suppliée si bien, si bien !

— Mais nous ne savions pas.

— La saison des cerises a continué jusqu'à la fin comme les autres années. Les autres passaient sous mes fenêtres en chantant. J'étais derrière à les guetter et l'on me grondait pour cela.

— Moi, très tard je les ai cueillies.

— Derrière mes fenêtres, comme un grand criminel. Tenez, Monsieur, comme si mon crime était d'avoir seize ans. Mais, très tard, disiez-vous ?

— Oui. Le plus tard qu'il est possible dans une vie d'homme. Et voyez.

— Parlez-moi encore des cafés pleins de monde où l'on fait de la musique, Monsieur.

— Sans eux je ne pourrais pas vivre, Mademoiselle. Je les aime beaucoup.

— Je crois que, moi aussi, je les aimerai beaucoup. Je serai là, au comptoir, au bras de mon mari et nous écouterons la radio. On nous parlera de choses et d'autres et nous répondrons, nous y serons à la fois ensemble et avec les autres. Parfois l'envie me prend d'y faire un tour mais, seule, voyez-vous, une jeune fille de mon état ne peut pas se le permettre.

— J'oubliais : parfois quelqu'un vous regarde.

— Je vois. Et s'approche ?

— Et s'approche, oui.

— Sans raison ?

— Sans raison. Alors la conversation prend un tour moins général.

— Et alors, Monsieur, et alors ?

— Je ne reste jamais plus de deux jours dans chaque ville, Mademoiselle, trois au maximum. Les objets que je vends ne sont pas d'une telle nécessité.

— Hélas ! Monsieur. »

La brise qui s'était assoupie s'éleva de nouveau, balaya de nouveau les nuages et, à la tiédeur soudaine de l'air, on devina encore une fois les promesses d'un proche été.

« Mais vraiment, comme il fait beau, aujourd'hui, répéta l'homme.

— Nous approchons de l'été.

— Peut-être, Mademoiselle, ne commence-t-on jamais, excusez-moi, et que c'est toujours pour demain.

— Ah! Monsieur, si vous dites cela, c'est qu'aujourd'hui, pour vous, est quand même assez plein pour vous distraire de demain. Pour moi, aujourd'hui ce n'est rien, un désert.

— En somme, Mademoiselle, il ne vous arrive jamais de faire quelque chose dont vous pourrez vous dire que ce sera toujours une chose de faite ?

— Non, je ne fais rien, je travaille toute la journée mais je ne fais rien à propos de quoi je puisse me dire ce que vous dites. Je ne peux même pas me poser cette question.

— Je ne voudrais pas vous contredire, Mademoiselle, encore une fois, mais, quoi que vous fassiez, ce temps que vous vivez maintenant comptera pour vous, plus tard. Et de ce désert dont vous parlez vous vous en souviendrez et il se repeuplera de lui-même avec une précision éblouissante. Vous n'y échapperez pas. On croit que ce n'est pas commencé et c'est commencé. On croit qu'on ne fait rien et on fait quelque chose. On croit qu'on s'achemine vers une solution, on se retourne, et voilà qu'elle est derrière soi. Ainsi, cette ville, je ne l'ai pas bien appréciée sur le moment à sa juste mesure. L'hôtel n'était pas excellent, la chambre que j'avais retenue, on en avait disposé, il était tard, et j'avais faim. Rien ne m'attendait dans cette ville, que la ville elle-même, énorme, et imaginez un peu ce que peut être une énorme ville tout entière tournée vers ses occupations pour un voyageur fatigué qui la voit pour la première fois.

— Non, Monsieur, je ne l'imagine pas.

— Rien ne vous y attend qu'une mauvaise chambre qui donne sur une cour sale et bruyante. Et pourtant, à y repenser, je sais que ce voyage m'a changé, que beaucoup de ce que j'avais vu avant de le faire m'y menait et s'est éclairé. Ce n'est qu'après coup que l'on sait être allé dans telle ou telle ville, Mademoiselle, vous savez bien.

— Si c'est dans ce sens-là que vous l'entendez, alors peut-être avez-vous raison. Peut-être la chose est-elle commencée déjà et, ça, depuis qu'un certain jour j'ai voulu qu'elle commence.

— Oui, Mademoiselle, on croit que rien n'arrive et pourtant, voyez, il me semble que ce qui sera arrivé de plus important dans votre vie, c'est cette volonté que vous mettez, précisément, à ne rien vivre encore.

— Je comprends, Monsieur, oui, mais comprenez-moi jusqu'au bout, vous-même, même si de ce moment-là c'est fait, je ne peux pas encore, je n'ai pas encore eu le temps de le savoir. J'espère que je le saurai un jour comme vous, de ce voyage, et que lorsque je me retournerai tout s'éclairera-t-il, derrière moi, mais vraiment, maintenant, j'y suis trop plongée encore pour pouvoir seulement le prévoir.

— Oui, Mademoiselle, oui, et sans doute ne peut-on rien vous apprendre de ce que vous ne pouvez voir encore, mais la tentation est grande d'essayer quand même de le faire.

— Monsieur, vous êtes bien gentil,

mais je n'en suis pas encore à très bien comprendre ce qu'on me dit.

— Mademoiselle, faut-il quand même, et je vous comprends, soyez-en sûre, faut-il quand même faire tout ce travail-là tout le temps qu'il faudra ? Evidemment je ne vous donne aucun conseil... Mais est-ce qu'une autre que vous, par exemple, ne pourrait pas à la rigueur faire un petit effort et espérer ensuite autant de l'avenir une fois que certaines corvées lui seraient épargnées ? Est-ce qu'une autre ne le ferait pas ? Pensez-y.

— Avez-vous peur, Monsieur, qu'un jour, si cela tardait trop pour moi, à force de ne jamais rien refuser de faire, d'en accepter chaque jour davantage sans jamais me plaindre, j'en vienne à perdre patience tout à fait ?

— Il est vrai, Mademoiselle, que cette sorte de volonté que vous avez, que rien ne peut adoucir, je la trouve un peu inquiétante, mais ce n'est pas pour ça que je vous le disais, mais parce qu'il est difficile de supporter que quelqu'un de votre âge ait choisi de vivre dans une telle rigueur.

— Monsieur, je n'ai pas d'autre solution, je vous assure que j'y ai beaucoup pensé.

— Combien de personnes, Mademoiselle, si je peux me permettre ?

— Sept.

— Et d'étages ?

— Six.

— Et de pièces ?

— Huit.

— Hélas !

— Mais non, pourquoi, Monsieur ? Ça ne se compte pas comme ça. Je dois bien mal m'expliquer, vous n'avez pas compris.

— Mademoiselle, je crois que le travail peut toujours se mesurer, toujours, dans tous les cas, que le travail est toujours le travail.

— Celui-là, non, je vous assure. De celui-là on peut dire qu'il vaut mieux en faire trop que pas assez. S'il vous laisse du temps pour vous amuser ou réfléchir en dehors de lui, on est perdu.

— Et vous avez vingt ans.

— Oui, et, comme on dit, je n'ai pas eu encore le temps de faire mal au monde.

Mais ce n'est pas là la question, il me semble.

— J'aurais tendance à croire qu'elle est là, au contraire. Et ces gens devraient s'en souvenir.

— Ce n'est quand même pas de leur faute si nous acceptons tout le travail qu'ils nous donnent à faire. Moi, j'en ferais autant à leur place.

— Mademoiselle, je voudrais vous raconter comment je suis rentré dans cette ville après avoir déposé ma valise dans la chambre.

— Oui, Monsieur, mais il ne faut pas vous inquiéter pour moi. Cela m'étonnerait que je me laisse aller à perdre patience un jour. Je ne pense qu'à ça, au risque qu'il y aurait à perdre patience, alors, ça m'étonnerait quand même, comprenez-vous, Monsieur ?

— Mademoiselle, ce n'est que le soir, après avoir déposé ma petite valise...

— Car on pense beaucoup, nous aussi, Monsieur, vous savez. Terrées dans notre travail il ne nous reste que ça à faire, penser, on pense, c'est fou. Mais pas sans

52

doute comme vous à ne rien faire. Nous pensons en mal. Et tout le temps.

— C'était le soir, juste avant de dîner, après le travail.

— Nous, nous pensons toujours aux mêmes choses, aux mêmes personnes, et dans le mal. C'est pourquoi nous faisons si attention et que ce n'est pas la peine de s'inquiéter. Mais, vous voyez, vous parliez de métier, en est-ce un que celui-ci, qui vous fait imaginer toute la journée dans le mal ? C'était le soir, disiez-vous, après avoir déposé votre valise ?

— Oui, Mademoiselle. Ce n'est que le soir, après avoir déposé ma valise dans la chambre, juste avant le dîner, que je me suis promené dans la ville. Je cherchais un restaurant. C'est long et difficile, n'est-ce pas, de trouver ce qu'il vous faut lorsqu'on est limité par le prix. Et c'est pendant que je cherchais que je me suis un peu égaré du centre et que je suis tombé sur le jardin zoologique. La brise s'était levée. Les gens étaient sortis de la précipitation du travail et ils se promenaient dans ce jardin qui est, comme je vous l'ai dit, sur une hauteur qui domine la ville.

— Mais je suis sûre, Monsieur, que la vie est bonne. Sans ça, allez, je ne me donnerais pas tant de peine.

— Je ne sais pas ce qui s'est passé. Dès que je suis entré dans ce jardin, je suis devenu un homme comblé par la vie.

— Monsieur, je ne sais pas comment un jardin, à le voir, peut rendre un homme heureux.

— C'est pourtant une aventure très courante que je vous raconte là, Mademoiselle, et vous en entendrez bien d'autres pareilles au cours de votre vie. J'ai, comprenez-vous, une existence ainsi faite que parler, par exemple, pour moi, est une sorte d'aubaine. Eh bien, j'ai été tout à coup aussi à l'aise dans ce jardin que s'il avait été fait pour moi autant que pour les autres. Comme si, je ne saurais vous dire mieux, j'avais grandi brusquement et que je devenais enfin à la hauteur des événements de ma propre vie. Je ne pouvais pas me décider à quitter ce jardin. La brise s'était donc levée, la lumière est devenue jaune de miel, et les lions eux-mêmes, qui flambaient de tous leurs poils, bâillaient du plaisir d'être là. L'air sentait à la fois le feu et les lions et je le respirais comme l'odeur même d'une fraternité qui enfin me concernait. Tous les passants étaient attentifs les uns aux autres et se délassaient dans cette lumière de miel. Je me souviens, je trouvais qu'ils ressemblaient aux lions. J'ai été heureux brusquement.

— Mais heureux comment, comme quelqu'un qui se repose ? Comme quelqu'un qui trouve la fraîcheur après avoir eu très chaud ? Heureux comme chaque jour ils sont, les autres ?

— Plus que ça, je pense, sans doute parce que je n'en avais pas l'habitude. Une force considérable m'est montée à la tête, dont je ne savais que faire.

— Une force qui fait souffrir ?

— Peut-être oui, qui fait souffrir aussi parce que rien ne paraît en mesure de l'assouvir.

— Cela est l'espoir, je crois bien, Monsieur.

— Oui, cela est l'espoir, je le sais. Cela est quand même l'espoir. Et de quoi ? De rien. L'espoir de l'espoir.

— Monsieur, s'il n'y avait que des gens comme vous, nous n'y arriverions jamais.

— Mais, Mademoiselle, au bout de chacune des allées de ce jardin, de chacune des allées vraiment, on voyait la mer. La mer, je vous avoue, ça m'est un peu égal pour ce que j'ai à en faire d'habitude dans ma vie, mais là, il se trouvait que c'était elle que les gens regardaient, tous, même ceux qui étaient nés là et même, me semblait-il, les lions eux-mêmes, je le croyais. Alors, comment ne pas regarder ce que les gens regardent, même si c'est une chose qui vous importe peu d'habitude ?

— Elle ne devait plus être tellement bleue puisque le soleil se couchait, disiez-vous.

— Elle l'était lorsque je suis sorti de l'hôtel, oui, mais ensuite, un petit peu après que je suis arrivé dans ce jardin, elle est devenue plus sombre et de plus en plus calme.

— Non, puisque la brise s'était levée, elle ne devait pas être aussi calme que ça.

— Mais c'était une brise si légère, si vous saviez, et elle ne devait souffler que sur les hauteurs, sur la ville seulement, pas dans la plaine. Je ne sais plus très bien de quelle direction elle venait, mais sans doute pas de la haute mer.

— Et puis, Monsieur, ce soleil couchant ne devait pas éclairer tous les lions. Ou bien alors, il aurait fallu que toutes leurs cages donnent du même côté de ce jardin, dans la direction du couchant.

— Mademoiselle, je vous l'affirme, c'était le cas, elles donnaient toutes du même côté. Et le soleil couchant éclairait tous les lions sans exception.

— Le soleil, donc, s'était couché sur la mer avant.

— Oui, c'est ça exactement, vous avez bien deviné. La ville et le jardin recevaient encore le soleil alors que la mer était déjà dans l'ombre. C'était il y a trois ans. C'est pourquoi ces souvenirs sont encore si près de moi et que j'aime les raconter.

— Je comprends, Monsieur. On croit qu'on peut se passer de bavarder, puis ce n'est pas possible. De temps en temps, je cause comme ça avec des inconnus, comme nous faisons en ce moment, toujours dans ce square, oui.

— Lorsque les gens ont envie de parler cela se voit très fort et, c'est bien curieux, cela n'est pas bien vu en général. Il n'y a guère que dans les squares que cela semble naturel. Mademoiselle, vous disiez donc qu'il y avait huit pièces, n'est-ce pas ? Huit grandes pièces ?

— Je ne sais pas exactement, je ne dois pas les voir comme tout le monde. En général je les trouve grandes. Mais peut-être ne sont-elles pas aussi grandes que ça. A vrai dire, cela dépend des jours. Il y a des jours où je les trouve sans fin, d'autres où je m'y asphyxie tant elles me paraissent petites. Mais pourquoi, Monsieur, cette question ?

— Pour rien, Mademoiselle, par curiosité. Pour rien d'autre que par curiosité.

— Allez, Monsieur je sais bien, cela peut paraître un peu bête, mais je n'y peux rien.

— Si j'ai bien compris, Mademoiselle, vous seriez comme quelqu'un de très ambitieux qui voudrait tout avoir de ce qu'ont les autres et qui le voudrait de façon si courageuse qu'on pourrait s'y tromper... qu'on pourrait la croire... héroïque.

— Ce mot ne m'effraie pas, Monsieur, bien que je n'y aie jamais pensé. Voyez-vous, je suis démunie à ce point que je peux tout me permettre pour ainsi dire. Je pourrais avec autant de force vouloir mourir que vouloir vivre, alors ? Car dites-moi un peu, Monsieur, à quelle douceur déjà existante sacrifierais-je ce courage ? et qui et quoi pourraient en tempérer la rigueur ? Chacun, à ma place, ferait de même, qui, bien sûr, voudrait ce que je veux avec sérieux.

— Sans doute, oui, Mademoiselle, oui, y a-t-il des cas, chacun fait ce qu'il croit devoir faire, n'est-ce pas, y a-t-il des cas où on ne peut éviter d'être comme un héros.

— Vous comprenez, Monsieur, si je refusais une fois de faire une chose, n'importe quelle chose, je commencerais à m'organiser, à me défendre, à m'intéresser à ce que je fais. Je commencerais par une chose, je continuerais par une autre et quoi encore ? Et je finirais par m'occuper si bien de mes droits que je les prendrais au sérieux et que je croirais qu'ils existent. J'y penserais. Je ne m'ennuierais même plus. Ainsi je serais perdue. »

Il y eut un silence entre eux. Le soleil, qui s'était voilé, brilla de nouveau. Puis la jeune fille recommença à parler.

« Après avoir été aussi heureux en arrivant dans ce jardin, Monsieur, l'êtes-vous resté, dites-moi ?

— Je le suis resté plusieurs jours. Cela peut arriver.

— Croyez-vous que cela arrive à tout le monde, ou non ?

— Il se peut qu'il y en ait à qui cela n'est jamais arrivé. Si insupportable que soit cette idée, il doit y en avoir.

— C'est une supposition que vous faites, Monsieur, n'est-ce pas ?

— Oui, je peux me tromper, Mademoiselle, je n'en sais rien, à vrai dire.

— Vous avez pourtant l'air averti de ces choses, Monsieur.

— Non, Mademoiselle, je ne le suis pas plus que les autres.

— Monsieur, je voulais vous demander

aussi : même si le soleil s'était couché sur la mer avant, comme il va très vite à se coucher dans ces pays-là, l'ombre a dû gagner la ville très vite après, n'est-ce pas ? Dix minutes après qu'il a commencé à se coucher, ça a dû être fait ?

— Oui, Mademoiselle, mais, je vous l'assure, c'est à ce moment-là que je suis arrivé, à ce moment, vous savez, de l'incendie.

— Je vous crois, Monsieur.

— On ne le dirait pas, Mademoiselle.

— Si, Monsieur, tout à fait. D'ailleurs, vous auriez pu y arriver à un tout autre moment sans que rien en ait été changé par la suite, n'est-ce pas ?

— J'aurais pu, oui, mais c'est à ce moment-là que je suis arrivé, même s'il ne dure que quelques minutes par jour.

— Mais là n'est quand même pas la question ?

— Non. Là n'est pas la question.

— Mais après, cependant ?

— Après, le jardin est resté le même, sauf qu'il y a fait nuit. La fraîcheur montait de la mer, et comme il avait fait très chaud dans la journée, on l'appréciait beaucoup.

— Mais, quand même, à la fin, il vous a bien fallu dîner, non ?

— Je n'ai plus eu très faim, tout à coup, j'ai eu soif. Ce soir-là je n'ai pas dîné. Peut-être n'y ai-je pas pensé.

— Mais n'étiez-vous pas sorti de votre hôtel pour cela : dîner ?

— Oui, mais ensuite j'ai oublié de le faire.

— Moi, voyez, Monsieur, je suis comme dans la nuit tout le jour.

— Mais c'est aussi parce que vous le voulez, Mademoiselle, non ? Vous désirez en sortir telle que vous y êtes rentrée, en somme, comme on se réveille précisément d'une longue nuit. Je sais ce qu'il en est, bien sûr, de vouloir faire la nuit autour de soi, mais, voyez-vous, il me semble qu'on a beau faire, les dangers du jour percent quand même à travers.

— Oh, ce n'est pas une nuit tellement épaisse, Monsieur, et je ne crois pas que le jour puisse tellement la menacer. J'ai vingt ans. Il ne m'est encore rien arrivé. Et je dors bien. Mais un jour, il faudra bien que je me réveille pour toujours, il le faudra.

— Ainsi, les jours s'écoulent toujours pareils pour vous, Mademoiselle, même dans leur diversité.

— Ce soir, ils reçoivent quelques amis comme tous les jeudis. Je mangerai du gigot, seule dans la cuisine, au bout du corridor.

— Et la rumeur de leur conversation vous arrivera toujours pareille, pareille à un tel point qu'on pourrait croire de loin qu'ils se disent tous les jeudis les mêmes choses ?

— Oui, et je n'y comprendrai rien, comme d'habitude.

— Et vous serez seule, là, entourée des restes du gigot, dans une sorte d'assoupissement. Et on vous appellera pour desservir les assiettes à gigot et servir la suite.

— Non, on me sonnera, mais vous vous trompez, on ne me réveillera pas, je les sers dans un demi-sommeil.

— Comme eux sont servis, dans l'ignorance totale de qui vous pouvez bien être vous aussi. Ainsi vous êtes quitte, en somme, ils ne peuvent ni vous attrister ni vous amuser, vous dormez.

— Oui. Et ensuite ils s'en vont et la maison redevient calme jusqu'au lendemain matin.

— Où vous recommencerez à les ignorer tout en les servant aussi parfaitement que possible.

— Sans doute, Monsieur, mais je dors bien, ah ! C'est un vertige que mon sommeil et ils n'y peuvent rien. Mais pourquoi dites-vous ces choses ?

— Peut-être pour vous les rappeler à vous-même, je ne sais pas.

— Oui, Monsieur, sans doute, mais voyez-vous, un jour, un beau jour, je pénétrerai dans le salon, à l'heure qu'il sera, dans deux heures et demie, et je parlerai.

— Il le faudra.

— Je dirai : ce soir je ne sers pas. Madame se retournera vers moi et s'étonnera. Je dirai : pourquoi servirais-je puisque à partir de ce soir... à partir de ce soir... Mais non, je ne vois pas bien comment des choses de cette importance-là se disent. »

L'homme ne répondit pas et l'on aurait pu le croire attentif à la douceur de la brise qui, une nouvelle fois, s'était levée. La jeune fille n'avait l'air d'attendre aucune réponse à ce qu'elle venait de dire.

« Dans quelques jours, ce sera l'été, dit l'homme — et il ajouta dans un gémissement — ah! nous sommes vraiment les derniers des derniers.

— On dit qu'il en faut.

— On dit qu'il faut de tout, Mademoiselle.

— Pourtant, Monsieur, on se demande parfois pourquoi il en est ainsi.

— Que ce soit nous plutôt que d'autres ?

— Oui, mais au point où nous en sommes, on se demande aussi si nous plutôt que d'autres ça ne revient pas au même. Quelquefois on se le demande.

— Oui, et quelquefois, dans certains cas, cela peut rassurer, en fin de compte.

— Pour ma part, non, cela ne me rassurera pas, non, non. Il faut que je me borne à savoir que c'est seulement de moi qu'il s'agit, plutôt que des autres. Sans cela je suis perdue.

— Qui sait, Mademoiselle, cela va peut-être cesser très vite pour vous, tout d'un coup, peut-être que ce sera cet été-ci, on ne sait jamais, que vous entrerez dans ce salon et que vous déclarerez que, désormais, le monde se passera de vos services.

— Qui sait en effet ? Quand je parle du monde, c'est de l'orgueil, me direz-vous, mais il me semble toujours que c'est du monde entier que je parle, vous comprenez bien ?

— Oui, je comprends.

— J'ouvrirai cette porte du salon, Monsieur, et voilà, ce sera fait d'un seul coup et pour toujours.

— Et vous vous souviendrez toujours de ce moment-là comme je me souviens de ce voyage. Je n'en ai jamais refait d'aussi beau depuis, ni aucun qui me rende à ce point heureux.

— Pourquoi cette tristesse tout à coup, Monsieur ? Voyez-vous une tristesse quelconque à ce qu'un jour il me faille ouvrir cette porte ? Trouvez-vous que cela n'est pas complètement désirable ?

— Non, Mademoiselle, cela me semble

tout à fait désirable et même plus que ça. Si cela m'attriste un peu, il est vrai, lorsque vous parlez d'ouvrir cette porte, c'est que vous l'ouvrirez pour toujours, qu'ensuite, vous n'aurez plus à le faire jamais. Et puis cela me semble parfois si long, si long, de retourner dans un pays qui me convienne autant que celui dont je vous ai parlé, que parfois je doute, je me demande s'il ne serait pas préférable de ne pas commencer à en voir un.

— Monsieur, excusez-moi, mais je ne peux pas savoir, vous comprenez, ce qu'il en est d'avoir vu cette ville et d'espérer la revoir, et la désolation qui a l'air de vous venir à attendre ce moment-là. Et vous aurez beau me ressasser que ce n'est pas gai, aussi gentiment que vous le pourrez, je ne pourrai pas le comprendre. Je ne sais rien, je ne sais rien en dehors de ceci : c'est qu'un jour il faudra que j'ouvre cette porte et que je parle à ces gens.

— Oui, Mademoiselle, bien sûr. Ne prenez pas garde à ces réflexions. Elles me viennent à l'esprit à l'occasion de ce que vous me dites, simplement, mais je ne voudrais pas qu'elles vous découragent.

Au contraire même, et, voyez-vous, j'irai même jusqu'à vous demander ceci : cette porte, Mademoiselle, quel moment privilégié attendez-vous pour l'ouvrir ? Pourquoi ne décidez-vous pas de l'ouvrir, par exemple, dès ce soir ?

— Seule, je ne le pourrais pas.

— Voulez-vous dire, Mademoiselle, que n'ayant ni argent ni instruction, vous ne pourriez que recommencer, que cela ne servirait donc à rien ?

— Je veux dire cela et aussi autre chose. Je dis que seule, je serais comme, je ne sais pas comment vous dire, comme privée de sens, oui. Seule, je ne pourrais pas changer. Je continuerai à aller à ce bal avec régularité, et un jour un homme me demandera d'être sa femme, et alors je le ferai. Avant cela, non, je ne le pourrai pas.

— Comment pouvez-vous savoir qu'il en serait comme un sort si vous n'avez jamais essayé ?

— J'ai essayé. Et depuis je le sais, je sais que seule... en dehors de cet état peut-être, toute seule dans une ville... je serais, oui, comme je vous disais, comme privée de sens, je ne saurais plus ce que je veux, je ne saurais même peut-être plus tout à fait qui je suis, je ne saurais plus vouloir changer. J'en resterai là, sans rien faire, à me dire que cela n'en vaut pas la peine.

— Je vois un peu ce que vous voulez dire, Mademoiselle, oui, je le vois même assez bien.

— Il faut qu'on me choisisse une fois. De cette façon j'aurai la force de changer. Je ne dis pas que cela vaut pour tout le monde. Je dis que cela vaut pour moi. J'ai déjà essayé et je le sais. Non pas parce que j'ai eu faim, non, mais ayant eu faim, cela ne m'importait plus. Je ne savais même plus très bien qui avait faim en moi.

— Je vous comprends, Mademoiselle, je vois ce que cela peut être... oui, je le devine, bien que je n'aie jamais désiré être choisi entre tous comme vous le voulez, vous, et que, même si cela m'est arrivé occasionnellement, je n'en aie jamais fait une question de cette importance.

— Vous comprenez, Monsieur, vous comprenez, je n'ai jamais été choisie par personne, sauf en raison de mes capacités les plus impersonnelles, et afin d'être aussi inexistante que possible, alors il faut que je sois choisie par quelqu'un, une fois, même une seule. Sans cela j'existerai si peu, même à mes propres yeux, que je ne saurai même pas vouloir choisir à mon tour. C'est pourquoi je m'acharne tant sur le mariage, vous comprenez.

— Oui, Mademoiselle, sans doute, mais j'ai beau faire, je ne vois pas très bien comment vous espérez être choisie si vous ne pouvez choisir vous-même.

— Je sais bien que cela peut paraître impossible, mais quand même il faudra que cela arrive. Car si je me laissais moi-même choisir, tous les hommes me conviendraient, tous, à condition seulement qu'ils veuillent un peu de moi. Un homme qui, seulement, me remarquerait, je le trouverais désirable de ce seul fait, alors comment saurais-je ce qui me conviendrait quand tous me conviendraient s'ils voulaient de moi? Non, on devra deviner, pour moi, ce qui me conviendra le mieux, moi, je ne le saurai jamais toute seule.

— Même un enfant sait ce qui lui convient.

— Mais je ne suis pas une enfant, et si je me laisse aller à l'être, à ce plaisir qui court les rues, je le sais bien, allez, qui est partout à me guetter, je suivrai le premier venu, qui ne voudra de moi que pour ce même plaisir que je chercherai avec lui et je serai perdue, alors, tout à fait. Je pourrais me faire une autre vie, me direz-vous, oui, mais voilà, recommencer à l'envisager, je n'en ai déjà plus le courage.

— Mais vous n'avez pas pensé que ce choix qu'un autre fera de lui-même en votre nom pourra ne pas vous convenir et le rendre malheureux plus tard ?

— J'y ai un peu pensé, oui, mais je ne peux pas déjà, et avant de commencer quoi que ce soit, envisager le mal possible que je pourrai faire aux autres plus tard. Je me dis une seule chose : c'est que, si tout le monde fait plus ou moins de mal en vivant, en choisissant, en se trompant, si cela est inévitable, eh bien ! j'en passerai par là, moi aussi. J'en passerai par le mal s'il le faut, si tout le monde en passe par là.

— Tranquillisez-vous, Mademoiselle, il s'en trouvera bien qui devineront que vous existerez un jour, soyez-en sûre, et pour eux et pour les autres. Pourtant, voyez-vous, on peut parfois presque se faire à ce manque dont vous parlez.

— Quel manque ? De n'être jamais choisi ?

— Si vous voulez, oui. D'être choisi, quant à moi, serait une chose qui m'étonnerait tellement qu'elle me ferait rire, je crois bien, si elle m'arrivait pour de bon.

— Je ne m'en étonnerais pas du tout, moi. Je la trouverais au contraire tout à fait naturelle. C'est, au contraire, de n'avoir encore été choisie par personne qui m'étonne chaque jour davantage. Je ne peux pas arriver à le comprendre, et c'est cela, moi, à quoi je ne peux pas m'habituer.

— Cela arrivera, Mademoiselle, je vous l'assure.

— Je vous remercie, Monsieur. Mais le dites-vous pour me faire plaisir ou ces choses peuvent-elles déjà se voir, se deviner un peu, déjà, sur moi ?

— Sans doute peuvent-elles déjà se

deviner, oui. A vrai dire, je vous l'ai dit sans y réfléchir beaucoup, mais non pas pour vous faire plaisir, pas du tout. Je l'ai dit d'évidence, quoi.

— Et vous, Monsieur, comment le savez-vous pour vous-même ?

— Eh bien, parce que... justement, je ne m'en étonne pas, oui, cela doit être ça... Je ne m'étonne pas du tout, alors que vous vous en étonnez tant, de ne pas être choisi entre tous les autres de la façon que vous désirez.

— A votre place, Monsieur, je me ferais venir cette envie coûte que coûte, mais je ne resterais pas ainsi.

— Mais, Mademoiselle, puisque je ne l'ai pas, cette envie, elle ne pourrait me venir que... que du dehors. Comment faire autrement ?

— Ah ! Monsieur. Vous me donneriez envie de mourir.

— Moi particulièrement, ou est-ce une façon de parler ?

— C'est une façon de parler, Monsieur, sans doute, et de vous, et de moi.

— Parce qu'il y a aussi que je n'aimerais pas tellement, Mademoiselle, avoir provoqué chez quelqu'un, ne serait-ce qu'une seule fois dans ma vie, une envie aussi violente de quelque chose.

— Je m'excuse, Monsieur.

— Oh! Mademoiselle, cela n'a aucune importance.

— Et je vous remercie aussi.

— Mais de quoi?

— Je ne sais pas, Monsieur, de votre amabilité. »

II

Tranquillement, l'enfant arriva du fond du square et se planta de nouveau devant la jeune fille.

« J'ai soif », dit l'enfant.

La jeune fille sortit un thermos et une timbale de son sac.

« C'est vrai, dit l'homme, qu'après avoir mangé ses deux tartines il doit avoir soif. »

La jeune fille montra le thermos et le déboucha. Du lait encore bien chaud fuma dans le soleil.

« Mais, Monsieur, dit-elle, je lui ai apporté du lait. »

L'enfant but goulûment tout le contenu de la timbale puis il la rendit à la jeune fille. Il resta autour des lèvres roses un nuage de lait. La jeune fille les essuya dans un geste léger et sûr. L'homme sourit à l'enfant.

« Si je le disais, fit-il, c'était simplement pour le remarquer, pour rien d'autre que pour le remarquer. »

L'enfant regarda cet homme qui lui souriait, complètement indifférent. Puis il retourna vers le sable. La jeune fille le suivit des yeux.

« Il s'appelle Jacques, dit-elle.

— Jacques », répéta l'homme.

Mais il ne pensait pas à l'enfant.

« Je ne sais pas si vous avez remarqué, continua-t-il, comme le lait leur reste autour des lèvres après qu'ils ont bu. C'est curieux. Ils ont déjà des façons, ils parlent, ils marchent, et, quand ils boivent du lait, tout à coup, on comprend...

— Celui-là ne dit pas le lait, il dit mon lait.

— Quand je vois une chose comme ça, ce lait, une confiance m'emplit soudain, sans que je puisse en dire la raison. Comme un soulagement aussi de je ne sais quel accablement. Oui, je crois bien que tous les enfants me ramènent aux lions de ce jardin. Je les vois comme des

78

lions de petite taille, mais je les vois bien comme des lions, oui.

— Ils n'ont pas l'air cependant de vous donner le même genre de bonheur que ces lions dont les cages étaient tournées vers le soleil.

— Ils donnent un certain bonheur mais pas le même, il est vrai. Ils vous inquiètent, ils vous troublent toujours. Ce n'est pas que j'aime spécialement les lions, vous comprenez, non. Non, c'est une façon de parler.

— Peut-être accordez-vous trop d'importance à cette ville, Monsieur, et que le reste de votre existence en pâtira un peu. Ou bien, encore une fois, voulez-vous sans que je l'aie vue que je comprenne le bonheur qu'elle a pu vous donner ?

— Peut-être, oui, Mademoiselle, que c'est à une personne de votre genre que j'aimerais le mieux le décrire.

— Je vous remercie, Monsieur, vous êtes aimable, mais, voyez-vous, je n'ai pas voulu dire que j'étais spécialement malheureuse dans mon état, que je l'étais plus que d'autres dans le même état. Non, il s'agit de bien autre chose dont la vue d'aucun pays au monde, je le crains, ne pourrait me tenir lieu.

— Je m'excuse, Mademoiselle, mais, lorsque je dis que c'est à une personne comme vous que j'aimerais de bien décrire les moments que j'ai passés dans ce pays, je ne veux pas insinuer du tout que vous êtes malheureuse sans le savoir, et que d'apprendre certaines choses vous ferait du bien, non, je veux simplement dire qu'il m'avait semblé que vous étiez une personne plus indiquée qu'une autre pour comprendre ce qu'on veut dire. C'est tout, je vous assure. Mais sans doute ai-je trop insisté sur cette ville, et sans doute ne pouviez-vous que mal le prendre.

— Non, certainement pas, Monsieur, non, simplement je voulais vous prévenir, au cas où vous auriez fait une erreur de me croire malheureuse, vous dire que vous vous trompiez. Evidemment il y a des moments où je pleure, c'est vrai, mais c'est seulement d'impatience, d'irritation si vous voulez. Non, l'occasion de m'attrister enfin sérieusement sur moi-même, je l'attends encore.

— Je vois bien, Mademoiselle, oui,

mais vous pourriez parfois vous y tromper, n'est-ce pas, et ne voir à cela aucun
inconvénient.

— Non, je ne pourrais pas. Je serai
malheureuse à la façon de tout le monde
ou alors je ne le serai pas. Je veux l'être
comme les autres le sont ou alors j'évite-
rai de l'être le plus que je pourrai. Si la
vie n'est pas heureuse, j'ai envie de l'apprendre par moi-même, vous comprenez,
pour mon compte, jusqu'au bout, et aussi
complètement qu'il sera possible ; et
ensuite, eh bien je mourrai à cela que
j'aurais voulu et on me pleurera. Je ne
demande, en somme, que le sort commun.
Mais, Monsieur, quand même, dites-moi
un peu comment c'était.

— Je saurais très mal le faire. Vous
comprenez, je ne dormais pas, et pourtant
je n'étais pas fatigué.

— Et encore ?

— Je ne mangeais pas, et je n'avais pas
faim.

— Et encore ?

— Toutes mes petites difficultés
s'étaient évanouies comme si elles
n'avaient existé jusque-là que dans mon

imagination. Elles me revenaient à la mémoire comme d'un lointain passé et j'en souriais.

— Mais à la fin vous auriez eu faim et vous auriez été fatigué, c'est impossible autrement.

— Sans doute, oui, mais je ne suis pas resté suffisamment dans cette ville pour que la faim me revienne, et la fatigue.

— Lorsqu'elle vous est revenue, ailleurs, était-elle grande, cette fatigue ?

— J'ai dormi tout un jour dans un bois au bord de la route.

— Comme ces vagabonds qui font peur ?

— Oui, pareil, ma valise à côté de moi.

— Je comprends, Monsieur.

— Non, Mademoiselle, je ne crois pas que vous le puissiez encore.

— Je veux dire que j'essaie, Monsieur, mais un jour j'y arriverai, je comprendrai tout à fait ce que vous venez de me dire. Tout le monde le peut, n'est-ce pas, Monsieur ?

— Oui, mais vous, il me semble que vous le comprendrez un jour tout à fait, aussi complètement que possible.

— Ah! Monsieur, vous n'imaginez pas combien c'est difficile d'arriver à cela que je vous disais, à obtenir par soi-même, et toute seule, le sort de tout le monde. Je veux dire surtout combien c'est difficile, comprenez-vous, de surmonter la lassitude qui vous vient de vous-même à vouloir pour vous-même, vous tout seul, les avantages de tout le monde.

— Sans doute est-ce cela, en effet, qui retient tant de gens d'essayer de les obtenir. Je vous admire de surmonter ces difficultés.

— Hélas! la volonté n'est pas tout. S'il s'est trouvé jusqu'ici quelques hommes à qui je plaisais, aucun ne m'a encore demandé d'être sa femme. C'est une chose bien différente d'avoir du goût pour une jeune fille et de la vouloir pour femme. Et dire qu'il faut que j'en passe par là. Impossible de faire autrement. Il faut que je sois prise au sérieux positivement une fois dans ma vie. Monsieur, je voulais vous demander ceci : lorsqu'on veut une chose tout le temps, à chaque heure du jour et de la nuit, doit-on forcément l'obtenir?

— Je ne crois pas qu'on l'obtienne forcément, Mademoiselle, mais c'est encore
la meilleure méthode pour essayer, pour
avoir la plus grande chance de l'obtenir.
Je n'en vois pas d'autres.

— On parle, n'est-ce pas, Monsieur, et
comme on ne se connaît pas, vous pouvez
me dire la vérité.

— Oui, Mademoiselle, mais encore une
fois, je n'en vois pas d'autres. Mais peut-
être ai-je si peu d'expérience que je ne
peux pas tout à fait savoir ce qu'il en est.

— Parce que j'ai entendu dire que
c'était au contraire en n'essayant pas le
moins du monde d'obtenir une chose
qu'on arrivait à l'obtenir.

— Mais, Mademoiselle, comment arri-
veriez-vous à ne pas vouloir quelque
chose tout en la voulant tellement ?

— C'est ce que je me suis dit, oui, et, à
vrai dire, cette manière-là je ne l'ai
jamais trouvée bien sérieuse. Je pense
qu'elle doit être réservée aux gens qui
veulent quelque chose dans le détail, qui
ont déjà quelque chose à partir de quoi ils
veulent autre chose, mais non pas à ceux
comme nous, pardon, Monsieur, comme

moi, je veux dire, qui veulent tout avoir, non dans le détail, mais dans le... comment dit-on ?

— Dans le principe.

— Peut-être, oui. Mais j'aimerais bien que vous me reparliez des enfants. Vous les aimez, disiez-vous.

— Oui. Quelquefois, lorsque je ne trouve personne à qui parler, je leur parle. Mais vous savez bien ce qu'il en est, on ne peut pas parler beaucoup aux enfants.

— Ah! Monsieur, vous avez raison, nous sommes les derniers des derniers.

— Mais je ne veux pas dire, à mon tour, que je suis malheureux ou triste quand je dis que parfois j'éprouve un besoin de parler si vif que je m'adresse à des enfants. Non, ce n'est pas ça puisque j'ai quand même un peu choisi la vie que j'ai là, ou alors il faudrait que je sois fou pour avoir choisi mon malheur.

— Je n'ai pas voulu dire cela et, à mon tour, je m'excuse. Non, cela m'est sorti de la bouche à la vue de ce beau temps seulement. Vous devez me comprendre et ne pas vous en formaliser. Le beau temps, parfois, me fait douter de tout mais cela ne dure que quelques secondes. Je m'excuse, Monsieur.

— Cela n'a pas d'importance, allez. Non, si je vais quelquefois dans les squares, c'est quand je suis resté quelques jours sans parler, vous voyez, sans bavarder, quoi, quand je n'ai pas eu d'autre occasion de le faire qu'avec des gens qui achètent ma marchandise, et que ces gens sont pressés ou tellement méfiants que je ne peux arriver à leur dire un mot en dehors de ceux pour vanter mes cotons. Alors, dans ces conditions, au bout de quelques jours, on s'en ressent, naturellement. On s'ennuie si fort de bavarder avec quelqu'un et que quelqu'un vous écoute que ça peut vous rendre même un peu malade, vous donner comme un peu de fièvre.

— Oui, je sais, il semble alors qu'on pourrait se passer de tout, de manger, de dormir, plutôt que de bavarder. Mais dans cette ville, Monsieur, vous avez pu vous passer de la compagnie des enfants, n'est-ce pas ?

— Dans cette ville, oui, Mademoiselle.
Ce n'était pas avec des enfants que j'étais.

— Je l'avais bien compris ainsi.

— Je les voyais de loin. Il y en a
beaucoup dans les faubourgs et ils sont
très libres, et dès l'âge de celui que vous
gardez, dès cinq ans, ils traversent toute
la ville pour aller au zoo. Ils mangent
n'importe quand et ils dorment l'après-
midi à l'ombre des cages des lions. Je les
voyais de loin, oui, dormir à l'ombre de
ces cages.

— C'est vrai, que les enfants ont tout
leur temps, qu'ils parlent avec qui leur
parle, et qu'ils sont toujours prêts à vous
écouter, mais on n'a pas beaucoup à leur
dire.

— C'est là l'ennui, oui, ils n'ont aucun
préjugé contre les gens solitaires, ils ne se
méfient de personne mais, comme vous le
disiez, on n'a pas beaucoup à leur dire.

— Mais encore, Monsieur ?

— Oh ! nous nous valons tous à leurs
yeux si nous leur parlons des avions et des
locomotives. C'est de ça qu'on peut leur
parler, toujours des mêmes choses. Ça ne
change pas beaucoup, mais enfin.

— Ils ne peuvent comprendre le reste, le malheur par exemple, et leur parler ne doit pas faire grand bien.

— Si vous leur parlez d'autre chose, ils n'écoutent plus, ils s'en vont.

— Moi, quelquefois, je parle toute seule.

— Cela m'est arrivé, à moi aussi.

— Je ne me parle pas, non. Je parle à quelqu'un de totalement imaginaire et qui pourtant n'est pas n'importe qui, mais mon ennemi personnel. Ainsi, voyez, je n'ai pas encore d'amis et je m'invente des ennemis.

— A votre tour, que lui dites-vous, Mademoiselle ?

— Je l'insulte, et sans jamais lui donner la moindre explication. Pourquoi, dites-moi, Monsieur ?

— Qui sait ? Sans doute parce qu'un ennemi ne peut pas vous comprendre et que vous supporteriez mal la douceur d'être comprise, le soulagement que cela procure.

— Et puis c'est encore dire quelque chose, n'est-ce pas, et qui n'est pas un mot de mon travail.

— Oui, Mademoiselle, et puisque personne ne vous entend et que cela vous fait plaisir, il vaut mieux ne pas vous en empêcher.

— Quand je parlais du malheur que les enfants ne peuvent pas comprendre, je parlais du malheur en général, Monsieur, celui de tout le monde, mais d'aucun en particulier.

— Je l'ai bien compris ainsi, Mademoiselle. On ne supporterait d'ailleurs pas que les enfants comprennent le malheur. Sans doute sont-ils les seuls êtres que l'on ne supporte pas malheureux.

— Il n'y en a pas beaucoup, n'est-ce pas, des gens heureux ?

— Je ne crois pas, non. Il y en a qui croient important de l'être, et qui croient l'être mais qui, au fond, ne le sont pas tellement que ça.

— J'aurais cru pourtant que c'était comme un devoir de tous les hommes, d'être heureux, comme on recherche le soleil plutôt que l'ombre. Regardez, moi, par exemple, Monsieur, tout le mal que je me donne.

— Bien sûr qu'il en est comme un

devoir, Mademoiselle, je le crois aussi. Mais vous, vous comprenez, si vous recherchez le soleil c'est à partir de la nuit. Vous ne pouvez pas faire autrement. On ne peut pas vivre dans la nuit.

— Mais cette nuit, je la fais, Monsieur, et comme les autres recherchent le soleil, je la fais comme les autres, le bonheur, c'est la même chose. C'est pour mon bonheur que je la fais.

— Oui, Mademoiselle, c'est justement pourquoi les choses sont plus simples peut-être pour vous que pour les autres, vous n'avez pas d'autre choix, tandis que les autres qui en ont un, eh bien, il peut se faire qu'ils s'ennuient d'autre chose qu'ils ne connaissent encore pas.

— Monsieur chez qui je sers, on pourrait le croire heureux. C'est un homme dans les affaires, qui a beaucoup d'argent. Pourtant, il est distrait comme, oui, quelqu'un qui s'ennuie. Je crois bien qu'il ne m'a jamais regardée, qu'il me reconnaît sans jamais m'avoir vue.

— Vous êtes une personne que l'on regarde, pourtant, Mademoiselle.

— Mais il ne regarde personne, on

dirait qu'il ne sait plus se servir de ses yeux. C'est pourquoi il me semble parfois moins heureux qu'on pourrait le croire. Comme s'il était fatigué de tout, y compris de voir.

— Et sa femme?

— Sa femme aussi, on pourrait la croire heureuse. Mais, moi, je sais que non.

— Les femmes de ces hommes s'apeurent facilement et elles ont le regard bas et fatigué des femmes qui ne rêvent plus, n'est-ce pas?

— Celle-là, non, elle a le regard clair, et rien ne la prend au dépourvu. Elle passe pour être comblée par la vie. Mais moi, je sais que non. Dans mon métier on apprend ces choses. Bien souvent, le soir, elle vient à la cuisine avec un air désœuvré qui ne trompe pas, et elle a l'air de rechercher ma compagnie.

— C'est bien ce que nous disions : au fond, les gens supportent mal le bonheur. Ils le désirent bien sûr, mais dès qu'ils l'ont, ils s'y rongent à rêver d'autre chose.

— Je ne sais pas, Monsieur, si le bonheur se supporte mal ou si les gens le

comprennent mal, ou s'ils ne savent pas
très bien celui qu'il leur faut, ou s'ils
savent mal s'en servir, ou s'ils s'en fatiguent en le ménageant trop, je ne le sais
pas ; ce que je sais, c'est qu'on en parle,
que ce mot-là existe et que ce n'est pas
pour rien qu'on l'a inventé. Et ce n'est pas
parce que je sais que les femmes, même
celles qui passent pour être les plus heu-
reuses, se demandent beaucoup le soir
pourquoi elles mènent cette existence-là
plutôt qu'une autre, que je vais douter si
ce mot a été inventé pour rien. Je m'en
tiendrai là pour le moment.

— Bien sûr, Mademoiselle. Quand
nous disions que le bonheur se supportait
mal, nous n'entendions pas qu'il fallait
pour autant éviter d'en passer par lui. Je
voulais vous demander, Mademoiselle,
c'est bien vers six heures que cette femme
vient vous trouver ? Et qu'elle vous
demande comment ça va pour vous en ce
moment ?

— Oui, c'est à cette heure-là. Je sais
bien ce qu'il en est, allez, Monsieur, et que
c'est une heure où bien des femmes s'ennuient d'autre chose que de ce qu'elles

ont, mais je n'abandonnerai pas la partie pour autant.

— Quand toutes les conditions sont réunies pour que ça aille bien, c'est bien ça, les gens s'arrangent pour les contrarier. Ils trouvent le bonheur amer.

— Peu m'importe, Monsieur. Encore une fois, je veux connaître l'amertume du bonheur.

— Si je vous le disais, Mademoiselle, c'était sans intention, pour parler, quoi.

— On pourrait croire, Monsieur, que sans vouloir m'en décourager, vous me mettiez cependant comme en garde.

— A peine, Mademoiselle, à peine, et dans une toute petite mesure seulement, je vous assure.

— Mais puisque je suis prévenue déjà, par mon métier, des inconvénients du bonheur, ne vous inquiétez pas. Peu m'importe, d'ailleurs, au fond, le bonheur ou alors autre chose, peu m'importe, mais quelque chose à me mettre sous la dent. Du moment que je suis là, il me faut mon comptant, il n'y a pas de raison. Je ferai comme tout le monde exactement. Je ne peux pas imaginer mourir un jour sans avoir eu mon comptant, quitte, le soir, à le regarder à mon tour avec l'air de Madame lorsqu'elle vient me voir.

— On vous imagine mal des yeux lassés, Mademoiselle. Vous l'ignorez peut-être, mais vous avez de bien beaux yeux.

— Ils seront beaux, Monsieur, à leur temps.

— Que voulez-vous, quand on pense que vous aurez un jour quelque ressemblance avec cette femme, quelle qu'elle soit, cela décourage un peu.

— Il faut ce qu'il faut, Monsieur, et j'en passerai par là où ce sera nécessaire. C'est mon plus grand espoir. Et après que mes yeux auront été beaux, ils se rempliront d'ombre comme tous les yeux.

— Quand je vous disais que vos yeux étaient beaux, Mademoiselle, je l'entendais surtout par le regard.

— C'est que vous vous trompez, Monsieur, sans doute. Et même si vous ne vous trompiez pas, moi à qui ce regard appartient, je ne peux pas m'en contenter.

— Je comprends, Mademoiselle, cependant il est difficile de ne pas vous dire que, déjà, pour les autres, vous avez de bien beaux yeux.

— Autrement je suis perdue, Monsieur. Si seulement je me contente d'avoir ce regard que j'ai là, je suis perdue.

— Alors, cette femme vient à la cuisine, disiez-vous ?

— Oui, elle vient parfois. C'est le seul moment de la journée où elle vienne. Elle me demande toujours la même chose : comment ça va pour moi.

— Tout comme si cela pouvait aller pour vous différemment la veille du lendemain ?

— Oui, tout comme.

— Ces gens ont des illusions sur notre compte, que voulez-vous. Mais peut-être que cela ne fait pas partie de notre service que de les y entretenir ?

— Avez-vous donc déjà été dépendant d'un patron, Monsieur, pour comprendre aussi bien les choses comme vous faites ?

— Non, Mademoiselle, mais c'est une menace qui pèse si constamment sur les gens de notre condition qu'on l'imagine mieux que les autres. »

Il y eut un assez long silence entre

l'homme et la jeune fille et l'on aurait pu les croire distraits, attentifs seulement à la douceur du temps. Puis l'homme, une nouvelle fois, recommença à parler. Il dit :

« Nous sommes d'accord sur le principal, Mademoiselle. Encore une fois, quand je parlais de cette femme et des gens qui évitent d'être tout à fait heureux, je ne voulais pas dire par là qu'il ne fallait pas pour autant ne pas suivre leurs exemples, ne pas essayer à son tour, et échouer à son tour. Je ne voulais pas dire non plus qu'il fallait se garder d'envies comme celles que vous avez d'un fourneau à gaz et éviter à l'avance tout ce qui s'ensuivra une fois que vous l'aurez acheté, le frigidaire et même le bonheur. Je n'ai pas insinué une minute que je mettais en doute le bien-fondé de votre espoir. Je le trouve tout à fait légitime au contraire, Mademoiselle, croyez-le.

— Devez-vous vous en aller, Monsieur, pour me parler comme ça ?

— Non, Mademoiselle, je ne voulais pas que vous vous trompiez sur mes paroles, c'est tout.

— A votre façon de parler tout à coup, j'ai cru que vous tiriez des conclusions sur tout ce que nous venions de dire parce que quelque chose vous pressait de partir.

— Non, Mademoiselle, rien ne me presse, non. Je vous disais que je vous approuvais tout à fait et j'allais ajouter que ce que je comprenais moins bien, encore une fois, c'est quand même que vous acceptiez tout le travail supplémentaire que l'on vous donne, toujours et quel qu'il soit. Je m'excuse de revenir là-dessus, Mademoiselle, mais je ne peux pas tout à fait l'admettre même si je comprends les raisons que vous avez de faire ce travail. Je crains... ce que je crains, voyez-vous, c'est que vous croyiez qu'il vous faille accepter le plus de corvées possible pour mériter un jour d'en finir avec elles.

— Et quand il en serait ainsi ?

— Non, Mademoiselle, non. Rien ni personne, je crois, n'a pour mission de récompenser nos mérites personnels, surtout ceux obscurs et inconnus. Nous sommes abandonnés.

— Mais si je vous dis que ce n'est pas

pour ça, mais seulement pour garder toute pure l'horreur de ce métier ?

— Je m'excuse, mais, même dans ce cas, je ne suis pas d'accord. Je crois que vous avez déjà commencé à vivre une vie en réalité, Mademoiselle, et qu'il vous faut vous le répéter inlassablement, je suis bien ennuyé de vous dire une chose pareille mais, oui, je crois que c'est fait, que vous avez commencé et que déjà, pour vous aussi, le temps passe et que déjà vous le gâchez, vous le perdez, par exemple en acceptant ces corvées ou d'autres que vous pourriez éviter.

— Vous êtes gentil, Monsieur, de penser à la place des autres avec tant de compréhension. Moi, je ne pourrais pas.

— Vous, vous avez autre chose à faire, Mademoiselle, et c'est là, voyez-vous, le loisir qu'il y a à ne pas tant espérer.

— Puisque je suis décidée à en sortir, c'est peut-être vrai, c'est peut-être ça, le signe que la chose est commencée. Et que je pleure aussi quelquefois, cela aussi doit être un signe, il ne faut peut-être plus me le cacher.

— On pleure toujours, non, ce n'est pas

ça, ce que c'est, c'est que vous êtes là, simplement.

— Mais, un jour, je me suis renseignée à notre syndicat et j'ai vu qu'il rentrait tout à fait dans nos attributions normales de faire la plupart des choses que nous faisons. C'était il y a deux ans. Je peux bien vous le dire, au fond, nous avons parfois dans notre travail de nous occuper de très vieilles femmes de parfois quatre-vingt-neuf ans, et qui pèsent jusqu'à qua-tre-vingt-douze kilos, et qui n'ont plus leur raison, et qui font leurs besoins dans leurs robes à toute heure du jour et de la nuit et dont personne ne veut plus enten-dre parler. C'est si pénible que, oui, je l'avoue, il nous arrive parfois d'aller jus-qu'au syndicat. Et il se trouve que ces choses ne sont pas interdites, qu'on n'y a même pas pensé. D'ailleurs, même si on y avait pensé, vous savez bien, Monsieur, qu'il s'en trouverait toujours parmi nous pour accepter de faire n'importe quel travail, qu'il y en aurait toujours pour accepter de faire ce que nous refuserions de faire, qu'il s'en trouverait toujours qui ne pourraient faire autrement que d'ac-

cepter de faire ce que tout le monde
aurait honte de faire.

— Mademoiselle, quatre-vingt-douze
kilos, disiez-vous ?

— Oui, à la dernière pesée, elle a
encore grossi, et je vous ferai remarquer
que je ne l'ai pas assassinée même il y a
deux ans, en revenant du syndicat, et elle
était déjà bien grosse et j'avais dix-huit
ans, et que je ne l'assassine pas, toujours
pas, alors que ce serait de plus en plus
facile, bien sûr, puisqu'elle vieillit de plus
en plus, et sa fragilité d'autant malgré sa
grosseur, et qu'elle est seule dans la salle
de bains le temps de la laver, et que la
salle de bains est au bout de ce corridor
dont je vous parlais, et qui est long
comme la moitié de ce square, et qu'il
suffirait de la maintenir sous l'eau pendant trois minutes pour que la chose soit
faite, et qu'en plus, elle est si vieille que
ses enfants ne verraient plus grand inconvénient à sa mort, ni elle-même d'ailleurs,
qui ne sait plus rien de rien, et je vous
ferai remarquer que, non seulement je ne
le fais pas, mais que je m'en occupe bien,
toujours pour les mêmes raisons que je

vous ai dites, encore une fois, parce que si je l'assassinais, cela voudrait dire que j'envisage dans les choses possibles que ma situation pourrait en être améliorée, pourrait devenir supportable tout court, et que si je m'en occupais mal, outre que cela serait également contraire à mon plan, il s'en trouverait toujours pour s'en occuper bien. « Une de perdue, dix de retrouvées », c'est notre seul statut. Non, il n'y a qu'un homme qui puisse me sortir de là, ni le syndicat ni moi-même. Encore une fois, excusez-moi.

— Ah ! je ne sais plus quoi vous dire, Mademoiselle.

— N'en parlons plus, Monsieur.

— Oui, Mademoiselle, mais, une dernière fois, ainsi cette femme, il me semble et vous le dites vous-même, que ce serait à peine le faire. Et personne ni elle-même n'y verrait grand inconvénient comme vous dites. Encore une fois, je ne vous donne pas de conseils, n'est-ce pas, mais il me semble que, dans certains cas, des gens, d'autres gens, pour se faciliter un peu la vie, pourraient par exemple faire cela et espérer ensuite tout autant de l'avenir.

— Non, Monsieur, c'est inutile de me parler comme ça. Je préfère que cette horreur grossisse encore. C'est ma seule façon d'en sortir.

— On peut toujours bavarder, n'est-ce pas, Mademoiselle, et simplement je me demandais s'il ne serait pas comme un devoir de se soulager de tellement espérer ?

— Je connais quelqu'un, Monsieur, au fond, je peux bien vous le dire aussi tant qu'à faire, quelqu'un comme moi qui a essayé, qui a tué.

— Non, peut-être l'a-t-elle cru, même elle, mais ce ne doit pas être vrai, elle n'a pas tué.

— Un chien. Elle avait seize ans. Vous me direz que ce n'est pas la même chose, mais, elle qui l'a fait, elle dit que ça se ressemble énormément.

— On ne lui donnait pas à manger sans doute, ce n'est pas tuer, ça.

— Si, ils mangeaient tous deux pareillement. C'était, comprenez-vous, un chien d'un très grand prix. Donc, s'ils mangeaient différemment des autres, tous deux, ils mangeaient pareillement. Alors, un jour, elle lui a volé son beefsteack, une seule fois. Et puis ça n'a pas été suffisant.

— Elle était si petite encore, et elle avait faim de viande comme les enfants.

— Elle l'a empoisonné. Elle a pris sur son sommeil pour lui mélanger de l'éponge à sa pâtée. Peu lui importait le sommeil, me racontait-elle. Le chien a mis deux jours à mourir. Si, c'est la même chose. Elle le sait, elle l'a vu mourir.

— Mademoiselle, ce qui n'aurait pas été naturel, c'est qu'elle ne le fasse pas.

— Pourquoi cette colère contre ce chien, Monsieur ? Malgré tout ce qu'il mangeait, lui, c'était son seul ami. On ne croit pas être méchant et pourtant, voyez...

— Mademoiselle, cela ne devrait pas exister. Or, du moment que cela existe quand même, nous ne pouvons pas éviter, à notre tour, de faire des choses que nous ne devrions pas faire. C'est inévitable, absolument inévitable.

— On a su que c'était elle qui l'avait tué. On l'a renvoyée. On n'a rien pu lui faire d'autre parce que ça ne relève pas de la justice que de tuer un chien. Elle disait qu'elle aurait presque préféré qu'on la punisse tant elle en avait de remords. Il vous vient à faire ce métier-là des envies affreuses.

— Mademoiselle, sortez-en.

— Je travaille toute la journée, Monsieur, et je préférerais pouvoir travailler davantage, mais à autre chose qui se fasse au grand jour, qui se voie, qui se compte comme le reste, l'argent. Je voudrais casser des pierres sur des routes, fondre du fer dans des forges.

— Faites-le, Mademoiselle, cassez des pierres sur des routes, sortez-en.

— Non, Monsieur, seule, comme je vous le disais, je n'y arriverais pas. J'ai essayé, je n'y suis pas arrivée. Seule, tenez, sans amour aucun, je crois que je me laisserais mourir de faim, je n'aurais pas la force de me porter.

— Il y a des femmes qui cassent des pierres sur les routes, il y en a, et ce sont des femmes.

— Je le sais, chaque jour je m'en souviens, n'ayez crainte. Mais, vous voyez, il aurait fallu que je commence par là. Maintenant je sais que je ne le pourrais plus. Cet état vous rebute à ce point de vous-même qu'en dehors de lui, je vous le disais, on a encore moins de sens qu'en lui, on n'est même plus à ses propres yeux une raison suffisante de se nourrir. Non, désormais, il me faut un homme pour lequel j'existerai, alors je le ferai.

— Mais vous savez comment cela s'appelle, peut-être, Mademoiselle...

— Non, Monsieur, je ne sais pas. Ce que je sais c'est qu'il me faut beaucoup persévérer dans cet esclavage pour un jour reprendre goût, par exemple, à me nourrir.

— Excusez-moi, Mademoiselle.

— Non, voyez, il faut que je reste là où j'en suis le temps qu'il faudra. Ce n'est pas, croyez-moi, que j'aie de la mauvaise volonté, non, c'est que ce n'est pas la peine de me soulager de tellement espérer comme vous dites, parce que si j'essayais, je le sais, je n'espérerais plus rien du tout pour moi. J'attends. Et tout en attendant je fais attention de ne tuer personne, ni de chien, parce que ce sont là choses trop sérieuses et qui risqueraient de me faire devenir méchante pour toute ma vie. Mais, Monsieur, parlons encore un peu de vous qui voyagez et voyagez et qui êtes si seul.

— Je voyage, Mademoiselle, oui, et je suis seul.

— Un jour peut-être, je voyagerai.

— On ne peut voir qu'une seule chose à la fois, et le monde est bien grand, et l'on ne dispose pour le voir que de soi, de ses deux yeux. C'est peu, et pourtant, vous voyez, tous les hommes voyagent.

— Quand même, si peu qu'on puisse voir à la fois, ce doit être une bonne chose pour passer le temps, j'imagine.

— La meilleure, sans doute, ou du moins qui passe pour telle. D'être dans un train passe le temps complètement et occupe autant que le sommeil. D'être dans un bateau encore davantage. On regarde le sillage et le temps passe tout seul.

— Pourtant, parfois il est si long à passer qu'il vous donne le sentiment de vous sortir du corps.

— Vous pourriez peut-être faire un

petit voyage, Mademoiselle, prendre huit jours de vacances. Il suffirait que vous le vouliez. D'ores et déjà, en attendant, je veux dire, vous pourriez le faire.

— C'est vrai que c'est très long d'attendre. Je me suis inscrite à un parti politique, croyant, non que les choses avanceraient pour moi, mais qu'elles me paraîtraient plus courtes, mais c'est quand même très long.

— Mais précisément, du moment que vous êtes déjà inscrite à un parti politique, que vous allez à ce bal, que vous faites tout ce que vous jugez bon de faire pour en sortir un jour, en attendant que cela commence pour vous comme vous le désirez, vous pourriez faire un petit voyage.

— Ce n'est pas que je veuille dire autre chose que ceci : que parfois, cela paraît très long.

— Il suffirait que vous sortiez un peu de cette humeur, Mademoiselle, et vous pourriez faire un petit voyage de huit jours.

— Après le bal, le samedi, je vous l'ai dit, déjà, quelquefois je pleure. Comment forcer un homme à vous vouloir ? On ne peut pas forcer l'amour. Peut-être est-ce cette humeur dont vous parlez qui me rend si ingrate aux yeux des hommes. C'est une humeur de rancœur et comment pourrait-elle plaire ?

— Je ne voulais dire de cette humeur que ceci, Mademoiselle, qu'elle vous empêche de prendre huit jours de vacances. Je ne vous conseillerai pas d'être comme moi et de trouver superflu de trop espérer, non. Mais néanmoins, vous comprenez, du moment que l'on juge utile pour soi, par exemple, de laisser vivre cette femme le temps qu'il faudra et que l'on fait tout ce qu'on vous demande afin de ne pouvoir faire autrement que d'en sortir un jour, on pourrait par exemple, en manière de compensation, prendre quelques jours de vacances et aller se promener. Même moi, je le fais, il me semble.

— Je comprends bien, Monsieur, mais que ferais-je, dites-moi, de ces vacances ? Je ne saurais même pas m'en servir. Je serais là à regarder des choses nouvelles sans en tirer aucun plaisir.

— Il faut apprendre, Mademoiselle, même si c'est difficile. D'ores et déjà, en prévision de l'avenir, vous pourriez apprendre cela. Cela s'apprend, cela, oui, de voir des choses nouvelles.

— Mais, Monsieur, comment arriverais-je à apprendre le plaisir aujourd'hui quand je suis exténuée de l'attendre pour demain ? Non, je n'aurais même pas la patience de regarder quoi que ce soit de nouveau.

— N'en parlons plus, Mademoiselle. C'était une petite chose sans importance que je vous suggérais.

— Ah ! Monsieur, j'aimerais tant, si vous saviez !

— Quand un homme vous invite à danser, Mademoiselle, pensez-vous tout de suite qu'il pourrait vous épouser ?

— Eh oui, c'est ça. Je suis trop pratique, voyez-vous, tout le mal vient de là. Comment faire autrement, cependant ? Il me semble que je ne pourrai aimer personne avant d'avoir un commencement de liberté et ce commencement-là, seul un homme peut me le donner.

— Et quand un homme ne vous invite

pas à danser, Mademoiselle, si je peux me permettre, pensez-vous aussi qu'il pourrait vous épouser ?

— J'y pense moins car c'est au bal, il me semble, dans le mouvement et l'entraînement de la danse, que je crois qu'un homme pourrait oublier le mieux qui je suis, ou, s'il l'apprenait, qu'il pourrait en être moins repoussé qu'ailleurs. Je danse bien, oui, et lorsque je danse, rien de ma condition ne paraît. Je deviens comme tout le monde. Moi-même, j'oublie qui je suis. Ah ! parfois, je ne sais plus comment faire.

— Mais pendant le temps de la danse, y pensez-vous ?

— Non, pendant la danse je ne pense à rien. C'est avant ou après que j'y pense, mais pendant, c'est comme le sommeil.

— Tout arrive, Mademoiselle, tout. On croit que rien n'arrivera jamais et puis voilà, ça arrive. Il n'y a pas un homme, sur des milliards qu'il y en a, à qui cela que vous attendez n'est pas arrivé.

— Je crains que vous ne vous trompiez sur ce que j'attends, Monsieur.

— C'est-à-dire que je ne parle pas seulement de ce que vous savez que vous attendez, mais aussi de ce que vous ne savez pas que vous attendez. De quelque chose de moins immédiat que vous attendez sans le savoir.

— Je vois, oui, ce que vous voulez dire. C'est vrai que je n'y pense pas pour tout de suite. Mais, quand même, j'aimerais bien savoir comment cela vous arrive. Dites-le-moi, Monsieur, voulez-vous?

— Cela arrive comme le reste.

— Comme ce que je sais que j'attends?

— Pareil. Comment vous dire ces choses que vous ignorez tant? Je crois que cela arrive soit tout d'un coup, soit si lentement que c'est à peine si l'on peut s'en apercevoir. Et quand ces choses sont là, sont arrivées, elles n'étonnent plus, on croit les avoir toujours eues. Un jour, vous vous réveillerez et ce sera fait. Comme pour le fourneau à gaz, un jour vous vous réveillerez et vous ne saurez même plus comment il est arrivé jusqu'à vous.

— Mais vous, Monsieur, qui voyagez et voyagez toujours et qui offrez, si je comprends bien, si peu de prise aux événements?

— Cela peut arriver partout, Mademoiselle, même au hasard des trains. La seule différence entre ces événements et ceux que vous désirez vivre, c'est qu'ils sont sans lendemain, qu'on ne peut rien en faire.

— Hélas! Monsieur, de vivre tout le temps des choses sans lendemain comme vous le faites, comme cela doit être triste à la longue! Je vois que vous aussi, quelquefois, vous devez pleurer.

— Mais non, c'est comme pour le reste, on s'y habitue. Et pleurer, ma foi, cela arrive à tout le monde au moins une fois, à chacun des milliards d'hommes qu'il y a sur la terre. Cela ne prouve rien en soi. Puis je dois dire qu'un rien me console. J'ai beaucoup de plaisir à me réveiller le matin. Quand je me rase, je chante, et cela souvent.

— Oh! Monsieur, je ne crois pas, pour parler comme vous, que chanter prouve quoi que ce soit.

— Mais, Mademoiselle, j'ai du plaisir à vivre; là-dessus, il ne me semble pas que l'on puisse se tromper, personne, je veux dire.

— Je ne sais pas ce qu'il en est, Monsieur, c'est pourquoi sans doute je vous comprends si mal.

— Mademoiselle, quel que soit votre malheur, je dis pour simplifier, excusez-moi d'insister comme ça, vous devriez, si j'ose me permettre, faire preuve d'un peu plus de bonne volonté.

— Mais, Monsieur, je ne peux plus attendre et j'attends. Et cette vieille, je ne peux pas la nettoyer et je la nettoie. Je le fais tout en ne pouvant pas le faire, alors ?

— Par bonne volonté j'entends que vous pourriez peut-être la nettoyer comme autre chose, une casserole, par exemple.

— Non. Ça aussi, je l'ai essayé, mais ça ne se peut pas. Cela sourit et cela sent mauvais, cela est vivant.

— Hélas, que faire ?

— Parfois je ne sais plus. J'avais seize ans quand ça a commencé. Je n'y ai pas pris garde au début et puis, maintenant, voilà que j'ai vingt et un ans et que rien ne m'est arrivé, rien, et voilà qu'il y a en supplément cette vieille grand-mère qui n'en finira pas de mourir, cependant que personne encore ne m'a demandé d'être sa femme. Parfois je me demande si je ne rêve pas, si je n'invente pas tant de difficultés.

— Mademoiselle, vous pourriez peut-être changer de famille, en choisir une où il n'y aurait pas de gens si vieux, où il y aurait des avantages, je veux dire des avantages relatifs, bien sûr.

— Non, toujours elle me traiterait différemment d'elle-même. Et puis, changer dans ce métier-là ne veut rien dire du tout, puisque ce qu'il faudrait c'est que cela n'existe pas. S'il m'arrivait de tomber sur une famille comme vous dites, je ne la supporterais pas davantage. Et puis, à force de changer, de changer sans changer du tout, finirait bien par me faire croire, je ne sais pas, moi, à la fatalité, et je pourrais en venir à cette idée que ce n'est pas la peine d'insister. Non, il faut que j'en reste là même où j'en suis, jusqu'au moment où je partirai — je le crois parfois, je ne saurais vous dire à quel point, autant que je sais que je suis là.

— Alors, tout en restant là, ce petit

voyage, vous pourriez le faire, Mademoiselle, je crois que vous le pourriez.

— Peut-être, oui, le voyage, je pourrais
essayer.

— Oui, vous pourriez.

— Mais, d'après ce que vous disiez,
cette ville doit être tellement loin, Monsieur, tellement.

— J'y suis allé par petites étapes, j'ai
mis quinze jours pour l'atteindre tout en
m'arrêtant une journée par-ci, une journée par-là. Mais quelqu'un qui en aurait
les moyens pourrait y aller en une nuit
par le train.

— Une nuit et l'on y est ?

— Oui. Déjà, là-bas, c'est le plein été.
Mais je ne vous dis pas qu'à quelqu'un
d'autre elle pourrait paraître aussi belle
qu'à moi, non. Quelqu'un d'autre pourrait même ne pas la trouver à son goût.
Moi, je ne l'ai sans doute pas vue comme
elle doit être pour les autres qui n'y
rencontreraient rien d'autre qu'elle-
même.

— Mais, si l'on est avertie de la chance
que quelqu'un a rencontrée dans cette
ville, je pense qu'on ne doit pas la voir

tout à fait avec les mêmes yeux. On parle, n'est-ce pas, Monsieur ?

— Oui, Mademoiselle. »

Ils se turent. Le soleil insensiblement baissa. Et du même coup, le souvenir de l'hiver revint planer sur la ville. Ce fut la jeune fille qui recommença de parler.

« Je veux dire, reprit-elle, qu'il doit rester quelque chose de cette chance dans l'air qu'on y respire. Vous ne croyez pas, Monsieur ?

— Je ne le sais pas.

— Je voulais vous demander ceci, Monsieur : dans les trains, lorsque cela vous arrive, pouvez-vous me le dire ?

— Rien, Mademoiselle, rien. Cela m'arrive, c'est tout. Peu de gens s'accommoderaient d'un voyageur de commerce de mon rang, vous savez.

— Monsieur, je suis bonne à tout faire et j'ai de l'espoir. Il ne faut pas parler comme ça.

— Je m'excuse, Mademoiselle, je m'explique mal. Vous, vous changerez, moi, je ne le crois pas, je ne le crois plus. Et, que voulez-vous, il n'y a rien à faire, même si je ne l'ai pas tout à fait voulu, je ne peux pas oublier ce voyageur de commerce que je suis. A vingt ans je mettais des shorts blancs et je jouais au tennis. C'est ainsi que les choses commencent, n'importe comment. On ne le sait pas assez. Et puis le temps passe et l'on trouve qu'il y a peu de solutions dans la vie, et c'est ainsi que les choses s'installent, et puis un beau jour elles le sont tellement que la seule idée de les changer étonne.

— Ça doit être un moment terrible que celui-là.

— Non, il passe inaperçu, comme passe le temps. Mademoiselle, il ne faut pas vous attrister. Je ne me plains pas de ma vie, je n'y pense pas, un rien m'en distrait, à vrai dire.

— Pourtant on dirait bien que vous ne dites pas tout de cette vie, Monsieur.

— Mademoiselle, je vous assure, je ne suis pas un homme à plaindre.

— Je sais aussi que la vie est terrible, allez, autant que je sais qu'elle est bonne. »

Un silence s'établit une nouvelle fois entre l'homme et la jeune fille. Le soleil baissa un peu plus encore.

« Bien que je n'aie pu prendre le train que par petites étapes, reprit l'homme, je ne crois pas qu'il soit cher.

— Des frais, j'en ai peu, à vrai dire, reprit la jeune fille, en gros, ce sont ceux du bal. Non, vous voyez, même si le train était cher, je pourrais, si je le voulais, faire ce voyage. Mais, encore une fois, où que je sois j'ai bien peur d'avoir le sentiment de perdre mon temps. Que fais-tu là, me dirais-je, au lieu d'être à ce bal ? ta place est là-bas et pas ailleurs pour le moment. Où que je sois, j'y penserais. Au fait, c'est dans le quatorzième si vous voulez savoir. Il y a beaucoup de militaires et ceux-là ne pensent pas au mariage, malheureusement, mais enfin, il y en a quelques autres aussi, on ne sait jamais. Oui, c'est à la Croix-Nivert, ça s'appelle le bal de la Croix-Nivert.

— Je vous remercie, Mademoiselle. Mais, vous savez, là-bas, il y a aussi des bals où vous pourriez aller, on ne sait jamais, si vous décidiez de faire ce voyage. Personne ne vous y connaîtrait.

— C'est dans le jardin qu'ils sont, n'est-ce pas ?

— Oui, c'est dans le jardin, en plein air. Le samedi, ils durent toute la nuit.

— Je vois. Mais alors il faudrait que je mente sur ce que je suis. Je n'y suis pour rien, me direz-vous, mais c'est tout comme si j'avais une faute à cacher, que cet état.

— Mais, puisque vous avez un tel désir d'en finir avec lui, ce serait mentir à demi que de le taire.

— Il me semble que je pourrais mentir seulement sur quelque chose dont je serais responsable mais pas autrement. Et puis, c'est bien curieux mais c'est un peu comme si je m'étais fixé ce bal-là de la Croix-Nivert plutôt qu'un autre. C'est un petit bal, et qui convient à mon état et à ce que je veux en faire. Partout ailleurs, je me sentirais un peu déplacée, étrangère. Si vous y veniez, nous pourrions faire une danse ou deux, Monsieur, si vous le voulez bien, en attendant que d'autres m'invitent. Je danse bien. Et sans jamais avoir appris.

— Moi aussi, Mademoiselle.

— C'est curieux, vous ne trouvez pas,

Monsieur ? Pourquoi dansons-nous bien, nous ? Nous plutôt que d'autres ?

— Nous plutôt que d'autres qui dansent si mal, vous voulez dire ?

— Oui. J'en connais. Ah ! si vous les voyiez ! Ils ne savent pas du tout, c'est comme du chinois pour eux... ah ! ah !

— Ah ! Mademoiselle, vous riez.

— Mais comment s'empêcher ? Les gens qui dansent mal me font toujours rire. Ils essaient, ils s'appliquent, et rien à faire, ils n'y arrivent pas.

— Ce doit être une chose qui ne peut tout à fait s'apprendre, voyez-vous, c'est pour ça. Ceux que vous connaissez, ils sautillent ou ils se traînent ?

— Elle sautille, et lui se traîne, ce qui fait qu'ensemble... Ah !... je ne saurais vous les décrire. Ce n'est pas leur faute, me direz-vous...

— Non, ce n'est pas leur faute. Mais on a comme le sentiment que c'est un peu juste qu'ils dansent si mal.

— Mais peut-être se trompe-t-on.

— Peut-être, oui, mais enfin ce n'est pas si grave de danser mal ou bien.

— Non, ce n'est pas si grave, Monsieur,

mais pourtant, voyez, c'est comme si nous avions une petite force cachée en nous, oh! rien de bien important bien sûr... Vous ne trouvez pas ?

— Mais ils pourraient tout aussi bien danser parfaitement, Mademoiselle.

— Oui, Monsieur, bien sûr, mais alors il y aurait autre chose, je ne sais quoi, qui nous serait réservé à nous seuls, je ne sais pas quoi, mais qu'ils n'auraient pas.

— Je ne sais pas non plus, Mademoiselle, mais je le crois aussi.

— Monsieur, je vous l'avoue, j'ai beaucoup de plaisir à danser. C'est peut-être la seule chose que je fais maintenant que je désirerais continuer à faire toute ma vie.

— Moi aussi, Mademoiselle. Voyez, on aime danser dans tous les cas, même dans le nôtre. Peut-être ne danserions-nous pas aussi bien si nous n'y prenions pas un tel plaisir.

— Mais peut-être ne savons-nous pas à quel point cela nous fait plaisir, qui sait?

— Quelle importance, Mademoiselle? Continuons donc à ne pas le savoir si cela nous arrange.

— Mais hélas! Monsieur, quand le bal

est fini, je me souviens. C'est le lundi. Je lui dis « vieille salope » tout en la lavant. Pourtant je ne crois pas être méchante, mais, bien sûr, comme je n'ai personne pour me le dire, je ne peux me fier qu'à moi. Quand je lui dis « salope » elle me sourit.

— Je me permets de vous le dire, Mademoiselle, vous ne l'êtes pas.

— Mais quand je pense à eux, c'est tellement en mal, si vous saviez, tout comme s'ils y étaient pour quelque chose. J'ai beau me raisonner, je ne peux pas y penser autrement.

— Ne prenez pas garde à ces pensées-là. Vous ne l'êtes pas.

— Vous croyez vraiment ?

— Je le crois tout à fait. Un jour vous serez très généreuse de votre temps et de vous-même.

— Vous, vous êtes bon, Monsieur.

— Mademoiselle, ce n'est pas par bonté que je vous le dis.

— Mais vous, Monsieur, vous, que vous arrive-t-il ?

— Rien, Mademoiselle, et je ne suis

plus tout à fait jeune comme vous pouvez le voir.

— Mais à vous qui avez pensé à vous tuer, disiez-vous ?

— Oh, c'était seulement la paresse de me nourrir encore, rien de bien sérieux. Non, rien.

— Monsieur, ce n'est pas possible, il vous arrive quelque chose ou alors c'est que vous voulez qu'il ne vous arrive rien.

— Il ne m'arrive rien en dehors de ce qui arrive à chacun chaque jour.

— Dans cette ville, Monsieur, je m'excuse ?

— Je n'ai plus été seul. Puis de nouveau, je me suis retrouvé seul. C'était un hasard, je crois bien.

— Non, lorsque quelqu'un est comme vous, sans plus d'espoir, c'est qu'il lui est arrivé quelque chose, ce n'est pas naturel.

— Vous l'apprendrez plus tard, Mademoiselle. Il y a des gens comme ça, qui ont tellement de plaisir à vivre qu'ils peuvent se passer d'espérer. Je me rase en chantant, tous les matins, que voulez-vous de plus ?

— Mais après être allé dans cette ville, avez-vous été malheureux, Monsieur ?

— Oui.

— Et, cette fois-là, vous n'avez pas pensé à ne pas sortir de votre chambre ?

— Non, cette fois-là, non. Parce que je savais qu'on peut quelquefois ne plus être seul, même par hasard.

— Monsieur, dites-moi ce que vous faites en dehors du matin.

— Je vends mes objets, puis je mange, puis je voyage, puis je lis les journaux. Les journaux me distraient à un point extraordinaire, je lis tout, y compris les réclames. Quand j'ai fini un journal, il faut que je me souvienne, je ne sais plus très bien qui je suis, tellement je reste absorbé.

— Mais je le disais encore en ce sens aussi : que faites-vous en dehors de ce que vous faites, en dehors du matin, de la vente de vos objets, des trains, de manger, de dormir, de lire les journaux, que faites-vous qui ne se voie pas faire, je veux dire qu'on n'a pas l'air de faire et que l'on fait cependant ?

— Je vous comprends, oui... Mais je

crois bien qu'en dehors de ce qui se voit faire, je ne sais pas ce que je fais. Quelquefois, je cherche un peu à le savoir, je ne dis pas, mais cela ne doit pas être suffisant, je ne dois pas chercher assez, et il pourrait bien arriver que je ne le sache jamais. Oh, vous savez, je crois que c'est une chose bien courante que d'avancer ainsi dans la vie, sans savoir du tout pourquoi.

— Mais il me semble qu'on pourrait essayer de le savoir un peu plus que vous ne le faites, Monsieur.

— Je tiens à un fil, vous comprenez, je tiens à moi-même par un fil, alors la vie m'est plus facile qu'à vous. Tout est là, au fond. Et je peux me passer de savoir certaines choses. »

Ils se turent une nouvelle fois. Mais la jeune fille reprit encore :

« Et puis, je m'excuse, Monsieur, mais je ne peux pas tout à fait comprendre comment vous en êtes arrivé là, même à ce petit métier-là.

— Je vous l'ai dit, petit à petit. Tous mes frères et sœurs ont réussi, ils savaient ce qu'ils voulaient. Moi, encore une fois, je ne le savais pas. Ils disent, eux aussi, qu'ils ne savent pas comment j'ai dégringolé ainsi dans la vie.

— C'est un drôle de mot, Monsieur, découragé semblerait peut-être plus juste. Mais, moi non plus, je ne comprends pas comment vous en êtes arrivé là.

— J'ai toujours été, à vrai dire, un peu distrait de la réussite, je n'ai jamais bien compris ce que ce mot signifiait quant à moi ; peut-être tout vient-il de là. Cependant, voyez-vous, je ne trouve pas que ce soit un si petit métier que le mien.

— Je m'excuse d'avoir employé cette expression, mais il m'a semblé que je pouvais me le permettre, mon métier à moi n'en étant même pas un. Ce n'était que pour vous encourager à parler que je l'ai dite, pour vous faire comprendre que je vous trouvais comme un mystère et non pour vous faire du tort.

— J'ai bien compris, je vous assure. C'est moi qui suis navré d'avoir relevé cette expression. Je sais bien qu'il y a beaucoup de gens de par le monde qui sont capables d'apprécier mon métier à sa juste valeur et qui ne le méprisent pas.

Je n'ai rien pris mal, à vrai dire je parlais distraitement. Je m'ennuie toujours à parler de moi dans le passé. »

Ils se turent encore une fois. Cette fois, le souvenir de l'hiver revint tout à fait. Le soleil ne réapparut plus. Il en était à ce point de sa course que la masse de la ville, désormais, le cachait. La jeune fille se taisait. L'homme recommença à lui parler.

« Je voulais vous dire, Mademoiselle, fit-il, je ne voudrais pas que vous croyiez un seul instant que je vous ai conseillé quoi que ce soit. Même pour cette vieille femme, c'était une façon de parler. A force d'entendre les gens...

— Oh ! Monsieur, ne parlons plus de ça.

— Non, n'en parlons plus, non. Simplement je vous disais qu'à force de comprendre les gens, d'essayer tout au moins de se mettre à leur place, de chercher ce qui pourrait les soulager de tant attendre, on fait des suppositions, des hypothèses, mais que, de là à donner des conseils, il y a un pas énorme et je m'en voudrais de l'avoir franchi sans m'en rendre compte...

— Monsieur, ne parlons plus de moi.

— Non, Mademoiselle.

— Je voudrais encore vous demander quelque chose, Monsieur. Après cette ville, dites-moi encore... »

L'homme se tut. La jeune fille n'insista pas. Puis, alors qu'elle n'avait plus l'air d'attendre de réponse, il lui répondit :

« Je vous l'ai dit, fit-il, après cette ville, j'ai été malheureux.

— Malheureux comment, Monsieur ?

— Autant, je crois, qu'il est possible de l'être. J'ai cru que je ne l'avais jamais été auparavant.

— Puis cela s'est passé ?

— Oui, cela s'est passé.

— Vous n'y aviez jamais été seul, jamais ?

— Jamais.

— Ni le jour ni la nuit ?

— Ni le jour ni la nuit, jamais. Ça a duré huit jours.

— Et, après, vous vous êtes retrouvé tout à fait seul, tout à fait ?

— Oui. Et depuis je le suis.

128

— C'est la fatigue qui vous a fait dormir tout le jour comme vous disiez, votre valise à vos côtés ?

— Non, c'est que j'étais malheureux.

— Oui, vous avez dit que vous aviez été malheureux autant qu'il est possible de l'être. Et vous le croyez encore ?

— Oui. »

Ce fut la jeune fille qui se tut.

« Ne pleurez pas, Mademoiselle, je vous en prie, dit l'homme en souriant.

— Je ne peux pas m'en empêcher.

— Il y a des choses comme ça qu'on ne peut pas éviter, que personne ne peut éviter.

— Oh ! ce n'est pas ça, Monsieur, ces choses ne me font pas peur.

— Et c'est ce que vous désirez aussi.

— Oui, je le désire.

— Et vous avez raison car il n'y en a aucune qui soit autant désirable de vivre que celle-là qui fait tant souffrir. Ne pleurez plus.

— Je ne pleure plus.

— Vous allez voir, Mademoiselle, d'ici l'été, vous ouvrirez cette porte pour toujours.

— Quelquefois, voyez, ça m'est un peu égal, Monsieur.

— Mais vous allez voir, vous allez voir, ça va vous arriver très vite.

— Il me semble que vous auriez dû rester dans cette ville, Monsieur, que vous auriez dû essayer coûte que coûte.

— J'y suis resté le plus que je pouvais.

— Non, vous n'avez pas dû faire tout ce qu'il fallait pour essayer d'y rester, j'en suis sûre, voyez-vous.

— J'ai fait tout ce que je croyais qu'il fallait faire, tout, pour essayer d'y rester. Mais il se peut que je m'y sois mal pris. N'y pensez plus, Mademoiselle. Vous allez voir, vous allez voir, d'ici l'été, pour vous, ce sera fait.

— Peut-être, oui, qui sait ? Mais je me demande parfois si ça en vaut la peine.

— Ça en vaut la peine. Et, comme vous le disiez, puisqu'on est là, on n'a pas demandé à l'être, mais, puisqu'on y est, il faut le faire. Et il n'y a rien d'autre à faire que ça. Et vous le ferez. Cette porte, d'ici l'été, vous l'ouvrirez.

— Parfois, je crois que je ne l'ouvrirai

jamais, qu'une fois que je serai prête à le faire, je reculerai.

— Non, vous le ferez.

— Si vous dites ça, Monsieur, c'est que vous croyez alors que les moyens que j'ai choisis sont les seuls bons pour sortir de là où je suis ? Pour devenir enfin quelque chose ?

— Je le crois, oui, je crois que ce sont ceux-là qui vous conviennent le mieux.

— Si vous dites ça, voyez-vous, c'est que vous croyez qu'il y en a qui pourraient choisir d'autres moyens que ceux-là, qu'il y en a d'autres que ceux que j'ai choisis.

— Sans doute y en a-t-il d'autres, oui, mais sans doute vous conviendraient-ils moins bien.

— C'est bien vrai, n'est-ce pas, Monsieur ?

— Je le crois, Mademoiselle, mais, bien sûr, ni moi ni personne ne pourrait vous le dire en toute certitude.

— Vous disiez être devenu raisonnable, Monsieur, à force de voyager et de voir des choses. C'est pourquoi je vous le demande.

— Sans doute ne le suis-je pas tellement en ce qui concerne l'espoir, Mademoiselle, je le serais plutôt, si je le suis, dans les petites choses de tous les jours, plutôt dans les petites difficultés que dans les grandes. Néanmoins, je vous le répète, même si je ne suis pas tout à fait, tout à fait sûr des moyens que vous employez, je suis tout à fait sûr que cette porte, dès cet été, vous l'ouvrirez.

— Je vous remercie quand même, Monsieur. Mais, encore une fois, vous ?

— Le printemps arrive, et le beau temps. Je m'en vais repartir. »

Ils se turent une dernière fois. Et une dernière fois, ce fut la jeune fille qui reprit.

« Monsieur, qu'est-ce qui vous a fait vous relever et recommencer à marcher après vous être couché dans le bois ?

— Je ne sais pas, sans doute qu'il fallait bien en arriver là.

— Vous avez dit tout à l'heure que c'était parce que désormais vous saviez que l'on pouvait parfois, même par hasard, cesser d'être seul.

— Non, cela, c'est après, que je l'ai su, quelques jours après. Sur le moment, non, je ne savais plus rien.

— Ainsi, Monsieur, voyez, nous sommes bien différents quand même. Moi, je crois que j'aurais refusé de me relever.

— Mais non, Mademoiselle, non, refusé à qui, à quoi ?

— A rien. J'aurais refusé, c'est tout.

— Vous vous trompez. Vous auriez fait comme moi. Il a fait froid. J'ai eu froid, je me suis relevé.

— Nous sommes différents, nous le sommes.

— Nous le sommes sans doute, oui, sur la façon dont nous prenons nos ennuis.

— Non, nous devons être encore plus différents que ça.

— Je ne crois pas. Je ne crois pas que nous le soyons plus que les uns le sont des autres en général.

— Peut-être que je me trompe, en effet.

— Puis nous nous comprenons, Mademoiselle, ou tout au moins nous essayons. Et nous aimons danser aussi. C'est à la Croix-Nivert, disiez-vous ?

— Oui, Monsieur. C'est un bal connu. Beaucoup de gens comme nous le fréquentent. »

III

Tranquillement, l'enfant arriva du fond du square et se planta devant la jeune fille.

« Je suis fatigué », dit l'enfant.

L'homme et la jeune fille regardèrent autour d'eux. L'air était moins doré que tout à l'heure, effectivement. C'était le soir.

« C'est vrai qu'il est tard », dit la jeune fille.

L'homme, cette fois, ne fit aucune remarque. La jeune fille nettoya les mains de l'enfant, ramassa ses jouets et les mit dans le sac. Toutefois, elle ne se leva pas encore du banc. L'enfant s'assit à ses pieds, tout à coup lassé de jouer.

« Le temps paraît plus court quand on bavarde, dit la jeune fille.

— Puis très lent tout à coup, après. Oui, Mademoiselle.

— C'est vrai, Monsieur, c'est comme un autre temps. Mais cela fait du bien de parler.

— Cela fait du bien, oui, Mademoiselle, c'est après que c'est un peu ennuyeux, après qu'on ait parlé. Le temps devient trop lent. Peut-être qu'on ne devrait jamais parler.

— Peut-être, dit la jeune fille après un temps.

— A cause précisément de cette lenteur, après, c'est ce que je veux dire, Mademoiselle.

— Et de ce silence aussi, peut-être, dans lequel nous allons rentrer tous les deux.

— Oui, c'est vrai, que nous allons rentrer dans le silence tous les deux. Déjà c'est comme si c'était fait.

— Plus personne ce soir ne m'adressera plus la parole, Monsieur. Et j'irai me coucher ainsi, toujours dans le silence. Et j'ai vingt ans. Qu'ai-je fait au monde, pour qu'il en soit ainsi ?

— Rien, Mademoiselle, ne cherchez pas de ce côté-là. Cherchez plutôt ce que vous allez lui faire. Oui, peut-être qu'on ne devrait jamais parler. Dès qu'on le fait, c'est comme si on retrouvait une délicieuse habitude qu'on aurait délaissée. Même si, cette habitude, on ne l'a jamais eue.

— C'est vrai, oui, comme si l'on savait ce qu'il en est du plaisir de parler. Ce doit être une chose bien naturelle pour être aussi forte.

— D'entendre que l'on s'adresse à vous est une chose qui n'a pas moins de naturel et de force aussi, Mademoiselle.

— Sans doute, oui.

— Vous vous en rendrez compte un peu plus tard, Mademoiselle. Je l'espère pour vous.

— J'ai beaucoup parlé, Monsieur, et j'en suis confuse.

— Oh ! Mademoiselle, ce serait là la chose du monde dont il vous faudrait le moins vous excuser s'il y avait lieu de le faire.

— Je vous remercie, Monsieur. »

La jeune fille se leva du banc. L'enfant se leva et prit sa main. L'homme resta assis.

« Il fait déjà plus frais, dit la jeune fille.

— On a cette illusion dans la journée, Mademoiselle, mais c'est vrai que ce n'est pas encore l'été.

— C'est vrai qu'on l'oublie, oui. C'est un peu comme de retomber dans le silence après qu'on ait parlé.

— C'est la même chose, en effet, Mademoiselle. »

L'enfant tira la jeune fille vers lui.

« Je suis fatigué », répéta-t-il.

La jeune fille n'eut pas l'air d'avoir entendu l'enfant.

« Il faut quand même que je rentre », dit-elle enfin.

L'homme ne bougea pas. Il avait les yeux vagues posés sur l'enfant.

« Vous, vous ne partez pas, Monsieur ? demanda la jeune fille.

— Non, Mademoiselle, non, je resterai là jusqu'à la fermeture et puis je m'en irai à ce moment-là.

— Vous n'avez rien à faire ce soir, Monsieur ?

— Non, rien de précis.

— Moi, je suis obligée de rentrer », dit la jeune fille après une hésitation.

L'homme se souleva un peu du banc et très légèrement il rougit.

« Ne pourriez-vous pas, par exemple, Mademoiselle, pour une fois, rentrer un peu... plus tard ? »

La jeune fille hésita un tout petit moment, puis elle montra l'enfant.

« Je le regrette, Monsieur, mais je ne le peux pas.

— Je le disais dans ce sens que ça a l'air de vous faire du bien, Mademoiselle, à vous particulièrement, de causer un peu. Seulement dans ce sens.

— Oh ! je l'ai compris ainsi, Monsieur, mais je ne peux pas. Mon heure habituelle est déjà dépassée.

— Alors, Mademoiselle, au revoir. C'est le samedi, disiez-vous, que vous allez à ce bal de la Croix-Nivert ?

— Oui, Monsieur, tous les samedis. Si vous venez, on pourrait faire quelques danses ensemble, si vous le voulez.

— Peut-être, oui, Mademoiselle, si vous le permettez.

— Pour le plaisir, quoi, je veux dire, Monsieur.

— C'est comme cela que je l'entendais, Mademoiselle. Alors peut-être à bientôt, peut-être à samedi, on ne sait jamais.

— Peut-être, Monsieur. Au revoir, Monsieur.

— Au revoir, Mademoiselle. »

La jeune fille fit deux pas et se retourna :

« Je voulais vous dire, Monsieur... ne pourriez-vous pas faire un petit tour au lieu de rester là, comme ça, à attendre la fermeture ?

— Je vous remercie, Mademoiselle, mais non, je préfère rester là jusqu'à la fermeture.

— Mais un petit tour pour rien, je veux dire, Monsieur, pour vous promener ?

— Non, Mademoiselle, je préfère rester. Un petit tour ne me dirait rien.

— Il va faire de plus en plus frais, Monsieur... et si j'insiste tant c'est que... vous ne savez peut-être pas comment

c'est lorsque les squares ferment, comme
ça peut-être triste...

— Je le sais, Mademoiselle, mais je
préfère quand même rester.

— Faites-vous toujours comme cela,
Monsieur, attendez-vous toujours la fermeture des squares ?

— Non, Mademoiselle. Je suis comme
vous, je n'aime pas ce moment-là en
général, mais aujourd'hui je tiens à l'attendre.

— Peut-être que vous avez vos raisons,
au fond, dit rêveusement la jeune fille.

— Je suis un lâche, Mademoiselle, c'est
pourquoi. »

La jeune fille se rapprocha d'un pas.

« Oh ! Monsieur, dit-elle, si vous le
dites, c'est à cause de moi, de mes paroles
à moi, j'en suis sûre.

— Non, Mademoiselle, si je le dis, c'est
que cette heure m'incite toujours à reconnaître et à dire la vérité.

— Ne dites pas de choses pareilles, je
vous en prie.

— Mais, Mademoiselle, cette lâcheté
ressortait de chacune de mes paroles

depuis que nous avons commencé à
parler.

— Non, Monsieur, ce n'est pas la même
chose que de le dire ainsi dans un seul
mot, ce n'est pas juste. »

L'homme sourit.

« Mais ce n'est pas une chose si grave,
croyez-moi.

— Mais je ne comprends pas, Monsieur, comment la fermeture d'un square
vous fait vous découvrir lâche tout à
coup ?

— Parce que je ne fais rien pour en
éviter le... désespoir, Mademoiselle, bien
au contraire.

— Mais où serait le courage, Monsieur,
dans ce cas, de faire un tour ?

— De faire n'importe quoi pour l'éviter, voyez-vous, de provoquer une diver-
sion quelconque à ce désespoir.

— Monsieur, je vous en supplie, faites
un petit tour pour rien.

— Mais non, Mademoiselle, il en est
ainsi de ma vie entière.

— Mais pour une fois, Monsieur, pour
une seule fois, essayez.

— Non, Mademoiselle, moi, je ne veux pas commencer à changer.

— Ah! Monsieur, je vois bien que j'ai trop parlé.

— C'est tout le contraire, Mademoiselle, c'est d'avoir eu le plaisir si vif de vous entendre qui me fait tellement sentir comme je suis d'habitude, tout engourdi par ma lâcheté. Mais celle-ci n'est ni plus ni moins grande qu'hier par exemple.

— Monsieur, je ne sais pas ce qu'il en est de la lâcheté, mais voilà que la vôtre me fait paraître mon courage un peu honteux.

— Et moi, Mademoiselle, votre courage me fait paraître ma lâcheté plus vive encore. C'est ça, parler.

— Comme si, à vous voir, Monsieur, le courage était un peu inutile, comme si l'on pouvait s'en passer, après tout.

— Nous faisons ce que nous pouvons, au fond, vous avec votre courage, moi, avec ma lâcheté, c'est ça l'important.

— Oui, Monsieur, sans doute, mais pourquoi la lâcheté a-t-elle tant d'attrait et si peu le courage, vous ne trouvez pas?

« — Toujours la lâcheté, Mademoiselle, mais c'est si facile, si vous saviez ! »

Le petit garçon tira la main de la jeune fille.

« Je suis fatigué », déclara-t-il encore.

L'homme leva les yeux et parut s'inquiéter un peu.

« Aurez-vous des observations, Mademoiselle ?

— Inévitablement, Monsieur.

— Je suis désolé.

— Monsieur, ça n'a aucune importance, si vous saviez. C'est comme si on les faisait à une autre que moi. »

Ils attendirent encore quelques minutes sans rien se dire. Beaucoup de gens partaient du square. Au fond des rues, le ciel était rose.

« C'est vrai, dit enfin la jeune fille — et sa voix aurait pu être celle du sommeil — qu'on fait ce que l'on peut, vous, avec votre lâcheté, Monsieur, et moi, de mon côté, avec mon courage.

— Nous mangeons quand même, Mademoiselle. Nous y sommes arrivés.

— Oui, c'est vrai, nous sommes arrivés

146

à manger tous les jours. comme tout un chacun.

— Et de temps en temps nous trouvons à nous parler.

— Oui, même si cela fait souffrir.

— Tout, tout fait souffrir. Même de manger, parfois.

— Vous voulez dire, de manger après qu'on a eu très faim très longtemps ?

— C'est cela même, oui. »

L'enfant se mit à geindre. La jeune fille le regarda comme si elle venait de le découvrir.

« Il faut quand même que je parte, Monsieur », dit-elle.

Elle se retourna une deuxième fois vers l'enfant.

« Pour une fois, lui dit-elle doucement, il faut être sage. »

Et elle se retourna vers l'homme.

« Alors je vous dis au revoir, Monsieur.

— Au revoir, Mademoiselle. Peut-être donc à ce bal.

— Peut-être, oui, Monsieur. Ne savez-vous pas déjà si vous y viendrez ? »

L'homme fit un effort pour répondre.

« Pas encore, non.

— Comme c'est curieux, Monsieur.

— Je suis si lâche, vraiment, Mademoiselle, si vous saviez.

— Ne faites pas dépendre de votre lâcheté que vous y veniez ou non, Monsieur, je vous en supplie. »

L'homme fit encore un effort pour répondre.

« Mademoiselle, c'est très difficile pour moi de savoir encore si j'irai ou non. Je ne peux pas, non, je ne peux pas encore le savoir.

— Mais, n'y allez-vous pas en général de temps en temps, Monsieur ?

— J'y vais, oui, mais sans y connaître personne. »

La jeune fille sourit à son tour.

« Pour le plaisir, Monsieur, faites-le dépendre de votre plaisir. Et vous verrez comme je danse bien.

— Si j'y allais, Mademoiselle, ce serait pour le plaisir, croyez-moi. »

La jeune fille sourit encore plus. Mais l'homme ne pouvait pas soutenir ce sourire-là.

« Il m'avait paru comprendre tout à l'heure, Monsieur, que vous me faisiez le

148

reproche d'accorder trop peu d'importance au plaisir dans la vie que je mène.

— C'est vrai, Mademoiselle, oui.

— Et qu'il fallait moins m'en méfier
que je le faisais.

— Vous le connaissez si peu, Mademoiselle, si vous saviez !

— J'ai comme l'impression que vous le
connaissez moins que vous pouvez le
penser, je m'excuse, Monsieur. Je parle du
plaisir de danser.

— Oui, de danser avec vous, Mademoiselle. »

L'enfant se mit à geindre de nouveau.

« On s'en va, lui dit la jeune fille et, — à
l'adresse de l'homme — je vous dis au
revoir, Monsieur, peut-être donc à ce
samedi qui vient.

— Peut-être, oui, Mademoiselle, au
revoir. »

La jeune fille s'éloigna avec l'enfant,
d'un pas rapide. L'homme la regarda
partir, la regarda le plus qu'il put. Elle ne
se retourna pas.

DU MÊME AUTEUR

LES IMPUDENTS (1943, *roman*, Plon, 1992, Gallimard).

LA VIE TRANQUILLE (1944, *roman*, Gallimard).

UN BARRAGE CONTRE LE PACIFIQUE (1950, *roman*, Gallimard).

LE MARIN DE GIBRALTAR (1952, *roman*, Gallimard).

LES PETITS CHEVAUX DE TARQUINIA (1953, *roman*, Gallimard).

DES JOURNÉES ENTIÈRES DANS LES ARBRES, *suivi de :* LE BOA — MADAME DODIN — LES CHANTIERS (1954, *récits*, Gallimard).

LE SQUARE (1955, *roman*, Gallimard).

MODERATO CANTABILE (1958, *roman*, Éditions de Minuit).

LES VIADUCS DE LA SEINE-ET-OISE (1959, *théâtre*, Gallimard).

DIX HEURES ET DEMIE DU SOIR EN ÉTÉ (1960, *roman*, Gallimard).

HIROSHIMA MON AMOUR (1960, *scénario et dialogues*, Gallimard).

UNE AUSSI LONGUE ABSENCE (1961, *scénario et dialogues*, en collaboration avec Gérard Jarlot, Gallimard).

L'APRÈS-MIDI DE MONSIEUR ANDESMAS (1962, *récit*, Gallimard).

LE RAVISSEMENT DE LOL V. STEIN (1964, *roman*, Gallimard).

THÉÂTRE I : LES EAUX ET FORÊTS — LE SQUARE — LA MUSICA (1965, Gallimard).

LE VICE-CONSUL (1965, *roman*, Gallimard).

LA MUSICA (1966, *film*, coréalisé par Paul Sehan, distr. Artistes associés).

L'AMANTE ANGLAISE (1967, *roman*, Gallimard).

L'AMANTE ANGLAISE (1968, *théâtre*, Cahiers du Théâtre national populaire).

THÉÂTRE II : SUZANNA ANDLER — DES JOURNÉES ENTIÈRES DANS LES ARBRES — YES, PEUT-ÊTRE — LE SHAGA — UN HOMME EST VENU ME VOIR (1968, Gallimard).

DÉTRUIRE, DIT-ELLE (1969, Éditions de Minuit).

DÉTRUIRE, DIT-ELLE (1969, *film*, distr. Benoît-Jacob).

ABAHN, SABANA, DAVID (1970, Gallimard).

L'AMOUR (1971, Gallimard).

JAUNE LE SOLEIL (1971, *film*, distr. Films Molière).

INDIA SONG (1973, *texte*, *théâtre*, *film*, Gallimard).

LA FEMME DU GANGE (1973, *film*, distr. Benoît-Jacob).

NATHALIE GRANGER, *suivi de* LA FEMME DU GANGE (1973, Gallimard).

LES PARLEUSES (1974, *entretiens avec Xavière Gauthier*, Éditions de Minuit).

INDIA SONG (1975, *film*, distr. Films Armorial).

BAXTER, VERA BAXTER (1976, *film*, distr. N.E.F. Diffusion).

SON NOM DE VENISE DANS CALCUTTA DÉSERT (1976, *film*, distr. Benoît-Jacob).

DES JOURNÉES ENTIÈRES DANS LES ARBRES (1976, *film*, distr. Benoît-Jacob).

LE CAMION (1977, *film*, distr. D. D. Prod.).

LE CAMION, *suivi de* ENTRETIEN AVEC MICHELLE PORTE (1977, Éditions de Minuit).

LES LIEUX DE MARGUERITE DURAS (1977, *en collaboration avec Michelle Porte*, Éditions de Minuit).

L'ÉDEN CINÉMA (1977, *théâtre*, Mercure de France).

LE NAVIRE NIGHT (1978, *film*, Films du Losange).

CÉSARÉE (1979, *film*, Films du Losange).

LES MAINS NÉGATIVES (1979, *film*, Films du Losange).

AURÉLIA STEINER, *dit* AURÉLIA MELBOURNE (1979, *film*, Films Paris-Audiovisuels).

AURÉLIA STEINER, *dit* AURÉLIA MELBOURNE (1979, *film*, Films Paris-Audiovisuels).

VERA BAXTER OU LES PLAGES DE L'ATLANTIQUE (1980, Albatros).

L'HOMME ASSIS DANS LE COULOIR (1980, *récit*, Éditions de Minuit).

L'ÉTÉ 80 (1980, Éditions de Minuit).

LES YEUX VERTS (1980, Cahiers du cinéma).

AGATHA (1981, Éditions de Minuit).

OUTSIDE (1981, Albin Michel, rééd. P.O.L., 1984).

LA JEUNE FILLE ET L'ENFANT (1981, *cassette*, Des femmes éd. Adaptation de L'ÉTÉ 80 par Yann Andréa, lue par Marguerite Duras).

DIALOGUE DE ROME (1982, *film*, prod. Coop. Longa Gittata, Rome).

L'HOMME ATLANTIQUE (1982, *récit*, Éditions de Minuit).

SAVANNAH BAY (1re éd. 1982, 2e éd. augmentée, 1983, Éditions de Minuit).

LA MALADIE DE LA MORT (1982, *récit*, Éditions de Minuit).

THÉÂTRE III : LA BÊTE DANS LA JUNGLE, *d'après Henry James, adaptation de James Lord et Marguerite Duras* — LES PAPIERS D'ASPERN, *d'après Henry James, adaptation de Marguerite Duras et Robert Antelme* — LA DANSE DE MORT, *d'après August Strindberg, adaptation de Marguerite Duras* (1984, Gallimard).

L'AMANT (1984, Éditions de Minuit).

LA DOULEUR (1985, P.O.L.).

LA MUSICA DEUXIÈME (1985, Gallimard).

LA MOUETTE DE TCHÉKOV (1985, Gallimard).

LES ENFANTS, *avec Jean Mascolo et Jean-Marc Purine* (1985, *film*).

LES YEUX BLEUS, CHEVEUX NOIRS (1986, Éditions de Minuit).

EMILY L (1987, Éditions de Minuit).

LA PUTE DE LA CÔTE NORMANDE (1986, Éditions de Minuit).

LA VIE MATÉRIELLE (1987, P.O.L.).

LA PLUIE D'ÉTÉ (1990, P.O.L.).

L'AMANT DE LA CHINE DU NORD (1991, Gallimard).

LE THÉÂTRE DE L'AMANTE ANGLAISE 1991 Gallimard).

YANNE ANDRÉA STEINER (1992, P.O.L.).

Adaptations :

La Bête dans la jungle,
   d'après une nouvelle de Henry James. Adaptation de James Lord et de Marguerite Duras (non édité).

Miracle en Alabama, de William Gibson.
   Adaptation de Marguerite Duras et Gérard Jarlot (1963, L'Avant-Scène).

Les papiers d'Aspern, de Michael Redgrave,
   d'après une nouvelle de Henry James. Adaptation de Marguerite Duras et Robert Antelme (1970, Éd. Paris-Théâtre).

Home, de David Storey.
   Adaptation de Marguerite Duras (1973, Gallimard).

Le Monde extérieur (*à paraître*, P.O.L.).

Impression B.C.I. à Saint-Amand (Cher),
le 28 avril 1995.
Dépôt légal : avril 1995.
1ᵉʳ dépôt légal dans la collection : février 1990.
Numéro d'imprimeur : 1/1047.
ISBN 2-07-038224-9./Imprimé en France.

72876